ラルーナ文庫

竜を孕む精霊は
義賊王に溺愛される

柚月美慧

三交社

CONTENTS

Illustration

北沢きょう

竜を孕む精霊は
義賊王に溺愛される

本作品はフィクションです。
実際の人物・団体・事件などにはいっさい関係ありません。

序章

アリステリア王国には義賊がいる。

そんな噂《うわさ》がまことしやかに囁《ささや》かれ出した頃。

アリステリア王国の深い深い森の奥にある精霊の国で、数百年に一度しか生まれないという、ブルーローズの精霊が誕生した。

誕生といっても、十二、十三歳の身体《からだ》をしていて、エーテルという特殊な液体の泉から生まれた彼は、ばば様と呼ばれる国の長《おさ》に『ノエル』と名付けられた。

ブルーローズと同じ色の髪と瞳《ひとみ》を持つノエルは、鼻先がツンと尖《とが》った、品のある美しい顔立ちをした精霊だった。

「ばば様の予言通り、美しい少年が生まれたわ！」

精霊たちは珍しい精霊の誕生に、お祭り騒ぎだった。

玉座に座らされたノエルはきょとんとし、これから精霊として生きていくことを、年配の精霊に丁寧に教えられ、その日は一晩中ノエルのための祭りが続いた。

『夢叶《かな》う』

『神の祝福』

という言霊の力を持って生まれたノエルは、まだ自分の波乱万丈な人生を知ることなく、優しい精霊たちに囲まれて、幸せに暮らしていた。

＊＊＊

それから、四年後。

頭巾を被《かぶ》り、足首まである黒いマントを羽織った何者かが、王城の壁に沿って風のように駆けていった。

そうして明かりがついた一番端の部屋に、窓からするりと入り込むと、ふぅ……と息をついて頭巾を取った。

すると黄金色の髪が揺れて、端整な顔の青年が現れた。

鼻筋の通ったその顔は、まるで絵本に出てくる王子を具現化したような魅力を持っていて、どんな女性でも、彼が微笑《ほほえ》めば虜《とりこ》になってしまうほど美しい造形をしていた。

そして何より魅力的なアイスブルーの瞳が、初老の執事……ステファンを捉《とら》えたのと同時に、ステファンは彼が脱いだマントをさっと受け取った。

「――お言葉ですが、アッシュロード様。このような危ないことは、もうおやめになった方がよろしいのでは？」

恭しく頭を下げながら口にしたステファンに、アッシュロードと呼ばれた青年は首を横に振った。

「いいや、やめないぞ。父上の悪政が直るまではな」

そう言うと、アッシュロードは市民の格好から、貴族らしいフロックコートとキュロットに着替えた。そして髪形を整えると、アリステリア王国の王子に戻る。

「さぁ、今夜も朝までバカ騒ぎをするんだっけ？　父上の命令だ。俺も顔を出そう。頭の悪い王子の振りをしてな」

アッシュロードは口の端だけ上げて皮肉に笑うと、背筋を伸ばして部屋を出ていった。

これからは、悪政を敷く王のバカ息子として、浴びるほどシャンパンを飲み、遊び慣れた貴婦人たちのお相手をするのだ。偽りの仮面を被って……。

暗くなれば義賊として街を走り、厳しい税金の取り立てのため、明日食べるものすらない家庭に、貴族の家から盗んできた金銀宝石を与える。

彼は仲間とともに、義賊として毎夜、王都を駆けているのだ。

それが彼の本当の姿だった。

王子ならば王に進言して、税金の取り立てを緩やかにすればいい。そう思う者もいるだろう。

しかし王は、王妃が亡くなってから十年。寂しさを埋めるように毎夜大勢の貴族と大騒ぎをして、遊び暮らすようになった。

さすれば自然と金が必要となり、税金を上げ、国民の生活を顧みることもなくなった。

(昔は良き王だったのに……)

やるせない思いとともに、アッシュロードは何度も父王に「こんな生活はやめてください！」と進言してきた。しかし父王は煙たそうな顔をするだけで、聞き入れることは一切なかった。

そうこうしているうちに、明日の食事もままならない国民が出てきて、アッシュロードは義賊になることを決意した。

けれども、こんなことをしていてもほんの小さな灯《ともしび》でしかない。

(根本的に政治を変えなければ！)

そう考えてはいるが、いかんせん国王がまったく聞く耳を持たないので、臣下たちも声を上げることもできず、この豪勢な貴族第一主義の政治に付き合っていた。

「いやー、国王の夜遊びには困ったものだなぁ」

などと口にはするものの、貴族院の政治家たちも国民の税金を湯水のように使う生活を楽しんでいた。

（今の臣下たちも、総入れ替えしなければならないな……）

広間の扉を開け放ちながら、アッシュロードは黄色い声を上げながら集まってきた貴婦人たちに、甘い笑顔をわざとらしく作る。

父王を、自ら殺《あや》めることにならないよう自分を戒めながら、アッシュロードは心の中で唇を噛《か》みしめながら生きていた。

第一章　友と托卵《たくらん》

ノエルは花や緑が大好きな少年に育った。

他の精霊たちと遊ぶのも楽しいけれど、一番好きな時間は、ひとりで花咲く野原へ行き、ごろりと寝ころんで、青空を見上げることだった。

今日もアリステリア王国は晴天だ。

数ある竜の中でも、一番穏やかな性格をした赤竜《せきりゅう》の加護を受けているアリステリア王国は、ほどよく雨が降り、ほどよく曇りの日もあり、晴れた日も多かった。

ノエルは目が覚めると、世話係の精霊が作ってくれた朝食を食べ、ワンピースのような精霊の服に着替えて家を出た。お気に入りの野原へ行くためだ。

逸《はや》る気持ちで駆け出すと、ノエルはあっという間に野原に着いた。

実はノエルは足が速い。

というか、走る時だけ半分宙に浮いて、飛んでいるのだ。

他の精霊の中にも空を飛べる者がいるけれど、羽もないのに空が飛べる精霊は珍しい存在だった。

　本人は自覚していないが、ノエルは精霊の中でも特別な存在だ。

　精霊はエーテルの泉、または精霊夫婦から誕生する時、一つだけ『言霊』という超能力のようなものを授かる。

　しかし、二つも言霊を持って生まれてくる精霊は、数百年に一度しか生まれないのだ。よって長の命令で世話係がつき、人間界でいう『王子』のような扱いを受けていた。平和な国なので、護衛がつくような窮屈な環境ではなかったが。

「わぁ、今日もやっぱり綺麗《きれい》だなぁ」

　緑が美しい野原に着くと、両手を広げて深呼吸をした。

　すると、若草や花の香りがたくさんして、自然とワクワクしてくる。

　そうして大地の上に転がると、土の香りもして心がホッと安らいだ。

「今日もいい天気。とっても素敵な青空だ……」

　天を向いて大の字になると、目を閉じた。

　自然の香りと爽《さわ》やかな太陽光をしばらく満喫すると、ノエルは趣味である珍しい花探しを始めた。

　この地はエーテルに満ちている。

エーテルとは目には見えない空気のようなものだけれど、生命に活力を与え、また大地の奥深くに眠る鉱物を作り上げていた。

特にエーテルを食料とする竜の中でも、優しい性格をした赤竜が守るこの国は、数えきれないほどの植物が芽吹き、咲き、息づいていた。

そんな麗しい大地に咲く珍しい花を見つけては、押し花にして、帳面に張りつけて眺めるのが、ノエルの最大の楽しみだった。

「このお花は、この間摘《つ》んだしなぁ……」

四《よ》つん這《ば》いになり前進しながら、丁寧に珍しい花を探していく。

ノエルは鼻もよく利く。

だからいい香りがする花は、特に好きだった。

「ん？」

ふわっと吹いてきた風に乗って、ノエルは蜂蜜《はちみつ》のような甘い香りを嗅《か》ぎ取った。

これは今まで嗅いだことのない香りだ。

その香りを追って、ノエルは甘い香りがする方へ飛ぶように駆けていく。

すると丘の天辺の……崖《がけ》の縁のさらに下から甘い香りを放つ、白く美しい大輪の花を見つけた。

「これは、ばば様が言っていた煌珠草《こうじゅそう》かもしれない！」

この時期に数日だけ咲くという大輪の白い花があると、以前長から聞いたことがある。蜂蜜のような甘い香りを放つだけでなく、煎《せん》じて飲むと病に罹《かか》った者でもすぐに元気になるという、エーテルの塊の花だと。

「これを摘んで、ばば様に見てもらおう！」

そして煌珠草だったら煎じてもらい、血痰《けったん》を吐くようになったという世話係のシーナの母に飲ませてあげようと思った。

「んーっ！」

しかし、小柄で少年のような身体をしたノエルでは、煌珠草らしき花に手が届かない。

「あと、もうちょっと……」

必死に身体を伸ばすけれど、花を掴《つか》むことができず、もう少し、もう少し……とじりじり崖の下へ身を乗り出す。

すると岩場に咲いた花に、中指の先が微《かす》かに触れた。

「届いた！」

そう口にした時には、ノエルの上半身のほとんどは崖から落ちそうになっていて、もう片方の腕で身体を支えるのが限界だった。

しかし、もう少しで花の茎に手が届く……。

甘い香りがする花に夢中だったノエルは、自分の限界である体勢以上に身を乗り出してしまっていた。

「うわぁっ！」

その時、限界を迎えた片手から力が抜け、ノエルは白い花を摑んだまま、崖から落ちていった。深い深い谷底へと。

全身を打つ痛みを想像し、ぎゅっと花を握り締めて、覚悟した時だった。

きらりと赤い光が矢の如《ごと》く飛んできて、ノエルをパクッと咥《くわ》えたのだ。

（えっ？　なになに？　何が起きたの？）

全身を谷底に打ちつける覚悟でいたノエルは、気がつくと安全な野原の上にいた。

優しく下ろされて、ぺたんと座り込む。

『あなたは飛ぶことができるのに、なぜ飛ぼうとしなかったの？』

「僕って、飛ぶことができるの⁉」

心の中に直接声が入ってきて、ノエルは赤い矢の正体を見上げた。

それは赤竜だった。

美しく潤んだ金色の瞳が、優しくノエルを見つめる。

『そうよ。あなたは特別な力を秘めた特別な精霊なの。それなのに気づかないなんて、面白い子だわ。だから、いつも天上界から眺めていたのよ。数百年にひとりしか生まれない、ブルーローズの精霊を』

「そうだったんだ……でも、ありがとう。助けてくれて。おかげでお花も摘むことができたよ」

『まぁ、あなたったら自分の命や能力の開花より、花を摘んだことを喜ぶの？』

「そうだよ。だってこの花が煌珠草だったら、病気に罹った精霊に飲ませてあげることができるもの。そうしたらあっという間に元気になるよ！」

『自分のことより他者の命を思うなんて、本当に面白い子ね』

「そうかな？　僕にとっては普通だよ？」

愛らしい顔に笑みを浮かべながら、ノエルは花を落とさないようにこめかみに差すと、両手で赤竜を「いい子、いい子」と撫《な》でた。

「本当にありがとう！　助けてくれて。僕の名前はノエル。君の名前は？」

『私の名前はファルタ。赤竜界の女王よ』

「へぇ、女王様なんだ。そんなに偉い竜なのに、僕みたいな小さな存在を助けてくれて、本当にありがとう」

『ノエルは、私が女王だと知っても、怯《ひる》んだり驚いたりしないのね』

「しないよ。だってもう友達だと思っているから」

『友達？』

「うん！　僕を助けてくれた大事な友達のファルタ！　もう大好きになっちゃった」

『人懐こい子ね。前々からそう思っていたけれど、本当に不安になるわ。変な精霊や人に騙《だま》されてはダメよ』

「はーい」

そう言いながらも、大輪の花をこめかみに差したまま、ノエルは自分の身体の十倍はある大きな赤竜の頭を、鱗《うろこ》に沿って撫で続けた。

『あぁ、嬉《うれ》しいわ。誰《だれ》かにこうして撫でられるなんて、女王になってからはなかったから……』

「そうだったんだ。それは寂しかったね」

『私、寂しかったのかしら？』

「女王様は孤独？　それともたくさん友達はいるの？」

『わからないわ。もう記憶が曖昧《あいまい》になるほど昔から女王だったから。でも孤独だったのかしら？　あなたの手がこんなにも愛《いと》しくて、嬉しく感じるのだから』

「じゃあ、僕たちはやっぱり友達だね。また会える？」

『ええ、あなたが天に向かって呼んでくれれば、すぐに会いに来るわ』

「嬉しい！」

満面の笑みで、ノエルはファルタの太い首に抱きついた。

赤竜の鱗は扇形で、ガーネットという鉱物でできている。それを長から聞いていたノエルは、今まさに実感していた。

温かいぬくもりは感じるけれど、ファルタの身体は石板のように硬くて、キラキラと宝石のように輝いているからだ。

いいや、実際人間たちは、生え変わるために天から落ちてくる赤竜の鱗を宝石として、大事にしているらしい。

（身体は鱗で硬いけど、優しいぬくもりがするなぁ……）

そう感じながら、ノエルはそっと赤竜の友達から腕を離した。

『ごめんなさいね。私はこれから大事な用があるの。だから雲の上にある国へ帰らないと』

「ううん。また会えるんだもの。寂しくないよ。今度は空の飛び方を教えてね、ファルタ」

『そうね、一から教えてあげるわ』

微笑むと、ファルタはふわりと浮き上がり、高い高い雲の上へ赤い光となって、消えていった。

その様子を見届けたあと、急にノエルは身震いがした。

「……うわぁ、僕、赤竜の友達ができちゃった！　しかも女王様だって！」

一緒にいた時は感じなかった緊張が急に襲ってきて、ノエルはその場で何度も足踏みをした。

「すごい、すごい！　シーナやばば様に報告しなきゃ！」

この地の精霊と、赤竜は友好な関係を築いていた。

しかし、赤竜は精霊たちにとって神のような存在なので、敬意を持って一定の距離を保っていたのだ。

けれども人懐こいノエルは、赤竜の女王と友達になってしまった。

「うーん……でも黙っておいた方がいいのかな？　みんなをびっくりさせちゃうのは悪いことだよね」

これは精霊界をざわつかせる、珍事になるかもしれない。

そう考えて腕を組んでいると、亜麻色の髪を三つ編みにした若い女性の精霊が、遠くの方から大きく手を振っていた。

「ノエル様ー、もうすぐお昼の時間ですよーっ！」

「はーい！」

わざわざノエルを迎えに来てくれたのは、世話係のシーナだ。

「そうだよ！　シーナ！　この花って煌珠草かな？」

大きな声で叫びながら、ノエルは空を飛ぶようにして駆け出した。

命がけで取った白い花を、こめかみから抜き取りながら。

＊＊＊

できるだけ街灯の下を避けて歩く。

しかし不審がられないよう背筋を伸ばして、堂々と歩くことがポイントだった。

アッシュロードは今夜も貴族の家に忍び込み、大きな宝石のついたペンダントやネックレスをいくつか頂戴《ちょうだい》してきた。

そして店の明かりも消えた居酒屋へ、合鍵《あいかぎ》を使ってするりと入り込む。

慣れた足取りでキッチン奥の階段を上がっていくと、光が漏れている部屋の戸を開けた。

「――こんばんは、グレーズド。今夜もよろしく頼むよ」

様々な工具が置かれ、壁にも大小のペンチやトンカチが並べられた部屋には、がっしりとした体格の長身の男が立っていた。

まるでアッシュロードが来るのを、待っていたかのように。

「こんばんは、ぼっちゃん。さぁ、ブツを寄こしな」

「ぼっちゃんはやめてくれよ」

端整な顔に笑みを浮かべて、アッシュロードは頭巾を取ると、使い込まれた彼の作業机へ、今夜の戦利品を乗せた。

「今回もまた良いものを選んできたな」

「当然だ。少しでも高く売れてもらわないと、盗んだ意味がないからな」

目つきの鋭い、厳《いか》つい男の顔には髭《ひげ》が蓄えられていて、二十八歳にはとても見えない威厳があった。

戦利品を目にした彼は作業机に着くと、単眼鏡で早速宝石や真珠の状態を確認した。

「これはまた上質なエメラルドだ……今はネックレスに使われているが、ブローチに加工して、この真珠で囲むようなデザインにしよう」

「よろしく頼む。できるだけ原型をなくしてくれ」

彼は居酒屋を営む傍ら、趣味で始めたという宝石加工の腕を振るって、アッシュロード
や他の義賊が盗んできた宝石を、まったく別物のデザインに変える闇《やみ》の副業をしている。
なぜ、デザインを変えるのか？
それは宝石をもらった市民が、宝石商に持っていって現金に換えてもらう際、足がつか
ないようにするためだった。
もしそのままの形で宝石商へ持っていったら、なんの罪もない市民が、貴族から盗んだ
と疑いがかけられるかもしれない。
よって義賊たちは、こうして宝石を加工してくれる影の仲間を、数人抱えていることが
多い。
実は、グレーズドもまた義賊だった。
数年前、アッシュロードが忍び込んだ屋敷で出会い、顔見知りになったのだ。
それから何度か狙《ねら》った屋敷が被ったおかげで話す関係になり、意気投合して、彼に宝石
加工を頼むようになった。
軍隊でも、ごく一部の優秀な軍人しか入隊できない特殊部隊にいたというグレーズドは、
やはり政治に疑問を抱き、軍を辞め、義賊になるために居酒屋の店主という顔を持ちなが
ら、今のようなことを始めた。

現在は盗みはほとんどせず、もっぱら宝石加工を請け負っている。

「そうだな……エメラルドのカッティングからデザインを変えるから、一週間ほどもらっていいか？」

「あぁ、わかった。それじゃあ、またその頃に来よう。よろしく頼む」

「——あら、お二人さん。こんばんは」

「やぁ、サーヤ。こんばんは。君も戦利品を？」

「ええ、今夜はシャーウッド侯爵家にお邪魔してきたわ。あんまり期待してなかったんだけど、なかなかいいイヤリングと指輪が手に入ったの。グレーズド、私の戦利品も加工してもらえる？」

「もちろんだよ。市民に配るものはなんだって加工しよう」

男性用の服を着た彼女が頭巾を取ると、ポニーテールにした赤い髪が現れた。

そして強い意志を表す大きな緑色の瞳が輝き、鼻筋の整った美しい顔が露《あら》わになる。

彼女は医師だ。

彼女も裏の顔……義賊という顔を持っていて、貴族の館へ忍び込んでは良い品を持ってくる。

サーヤとは、グレーズドを通して知り合った。

今では城に招いては彼女に健康診断をしてもらったあと、ワインを飲みながら、政治から世間話まで交わす友となっている。

もとは王妃付きの剣士だったのだが、王妃亡きあと医師を志し、今は街の外れにある小さな診療所で、市民の病や怪我《けが》を診《み》ている。

中には貧しくて診療代が払えない市民も多く、生活に苦しみ、涙する彼らを見て、このままではいけない、と義賊になったそうだ。

アッシュロードと同じく、戦利品が入っているのだろう革袋をグレーズドに渡すと、彼女はさっと頭巾を被り、「明日は彼とデートなの」と、本当か嘘《うそ》かわからない笑みを浮かべて帰っていった。

「アッシュロード。君もあまり長居しない方がいい」

「そうだな。俺もさっさと家に戻るか」

グレーズドからアドバイスを受けると、アッシュロードは頭巾を被り、店からそう離れていない王城へと向かった。

そして、いつも通り窓から部屋に入ると執事のステファンが待っていて、彼にマントを預けた。

「微かに血がついておりますが、どこかお怪我でも？」

冷静且つ心配げな執事に、アッシュロードは腰に下げた鞘《さや》から模擬刀を抜き取った。

「あぁ、警備の者に見つかりそうになったのでな。少し彼の頭を叩《たた》いてきた。その際につ
いたのだろう。案ずるな。顔も見られていないし、俺に怪我はない」

「左様でございますか。ではこちらは内密に洗浄させていただきます。模擬刀も新しい物
に変えますか？」

「そうだな。そうしてくれ」

「かしこまりました」

　アッシュロードが義賊であることを、仲間以外唯一知っている彼は、素早くマントを畳
むと、その中に隠すように模擬刀を忍ばせて、音もなく部屋から出ていった。

　それを見届けたアッシュロードは、衣裳《いしょう》部屋である部屋から出ると、ざっと風呂《ふろ》に入り、
下衣だけ穿《は》くとベッドに倒れ込んだ。

「今夜は疲れたな……」

　本来ならば、館の警備兵に見つからないのが一番いい。

　それでも見つかってしまったのなら、うまく逃げきればいいのだ。

　しかし今夜は、慌てた若い警備兵が、剣を抜いて振り回してきた。

　大きな頭巾を被っていたので顔は見られなかったが、思わず鞘から模擬刀を取り出し、

警備兵の頭を殴った。

たぶん骨は陥没していない。

脳震盪《のうしんとう》程度で済んだと思う。

しかし、警備兵だって制服を脱げば一般市民だ。

本来ならば、一番守りたい市民を傷つけてしまった。

「あー……気分が悪い」

アッシュロードは、そのことで心が重たく沈んでいた。

鞘に本当の剣を入れないのも、できるだけ誰も傷つけたくなかったからだ。

「こんな夜は寝てしまおう！　明日が来れば、また気分も変わっているはずだ！」

重たい心をなんとか持ち上げるよう叫ぶと、クッションを抱えた。

何かを抱いていると、自然と眠たくなってくる。

けれどもこんな気持ちでは、今夜は眠れる気がしなかった。アッシュロードは強い意志と心を持っているが、繊細な部分も持ち合わせていた。

それを知ったサーヤが処方してくれた眠り薬を、ベッドサイドの引き出しから取り出す。

そうして無理やり水で流し込むと、真っ暗にした部屋で目を閉じた。

遠くの方から、貴族たちがバカ騒ぎする音が聞こえてくる。

中には今夜、アッシュロードが忍び込んだ館の貴族もいるはずだ。

（本当に間抜けだ。自分の館に、盗みが入ったことも知らずに、遊んでいるのだから……）

サーヤがくれる薬は、よく効く。

アッシュロードの気持ちが上がることはなかったが、瞼《まぶた》はだんだん重くなり、いつしか寝息を立てていたのだった。

＊＊＊

いつもの野原で、

「おーい！　ファルター！」

と天に向かって叫ぶと、しばらくしてファルタは本当に来てくれた。

このことにはしゃぐノエルに笑うと、彼女は寛《くつろ》ぐように長い身体を横たえた。足を緑の大地に置きながら。

だからノエルも、寛ぐように両脚を伸ばして座り、彼女に寄りかかる。

「ねぇ、ファルタ。この間見つけた花は、やっぱり煌珠草だったよ」

報告すると、彼女は金色の目を細めた。

『それはよかったわね。で、その花はどうしたの？』

「乾燥させて丁寧に煮出して、シーナ……って言ってもわからないよね。僕のお世話をしてくれる女の子がいるんだけど。彼女のお母さんに飲ませてあげたんだ」

『あら、お母様は体調を崩されていたの？』

「そうなんだ。でもね、煌珠草の煮汁を飲んでしばらくしたら、血痰も出なくなって、今では自分で料理が作れるほど元気になったんだって！」

『よかったわね。煌珠草は貴重な花だけど、万能薬だから。きっとお母様の病にも効いたのね』

「うん。本当はエーテルの泉に入って眠ることが、僕たち精霊の一番の良薬なんだけど……時には効果が強すぎて、精霊でも死んでしまうことがあるんだって」

『この土地はエーテルに溢《あふ》れているから。しかも濃度も濃いの。だから弱っている精霊には、毒にもなりえるわね』

「シーナのお母さんは頑張りすぎちゃってね、ずっと病気を隠していたみたい。そうしたら、どんどん体力が落ちちゃって。気づいた時には、泉に入れないほど弱っていたんだって」

『どうして、そこまで頑張ってしまったの？』

「シーナを心配させたくなかったみたい。それにね、これまで一度も病気になったことがなかったから、『自分は絶対病気にならない！』って思い込んでたんだって。で、そのうちどんどん弱っちゃって……」

まだ出会って二度目だというのに、二人の話は弾んだ。

先日とは違って昼食を食べて来たので、二人の会話を邪魔する者もなく、笑ったり、時には深刻になったり、二人は日が陰るまで話し込んだ。

「もうそろそろ帰らなきゃ。シーナが心配しちゃう」

『そうね。私も楽しくて話し込んでしまったけれど、そろそろ女王としての務めを果たさなければ』

ひとりと一匹は互いに立ち上がると見つめ合った。

「また会える、ファルタ？」

ノエルの問いに、ファルタは大きく頷《うなず》いた。

『もちろんよ。あなたが望めばいつだって会いに来るわ。空の飛び方もまだ教えていないし』

「それじゃあ、またね。ノエル」

真っ赤なガーネットに覆われた身体がふわっと浮き上がり、ノエルとの別れを惜しむように、ゆっくりと天に昇っていく。

「いいなぁ。赤竜の国かぁ。一度行ってみたいなぁ」

天にある国へ帰っていく友人に手を振りながら、ノエルはいつか連れていってもらおうと思った。空が飛べるようになったら。

「その前に、精霊の国を案内してあげる方がいいかな？　でもあんなに大きな身体で国の中に入ったら、動きづらくて逆に迷惑かな？」

唸《うな》りながら帰路につくと、とっぷりと日は暮れていた。

木戸を開けて家の中に入ると、ワンピース型の衣服を脱いで、麻でできた楽な服に着替える。

『王子』のような扱いを受けている……と言っても、夫婦や家族でもない限り、精霊は各人ひとりで暮らすことが多かった。

よってノエルも、煉瓦《れんが》で作った二階建ての可愛《かわい》らしい家で、ひとり暮らしをしていた。

星が綺麗な夜など、この感動を分け合いたくて、誰かそばにいてくれたらよかったのに……と思うこともあったが、生まれてからずっとひとり暮らしなので、寂しいという感情はない。

そうしてキッチンの隣にある食堂へ行くと、シーナが作っておいてくれたスープとパン、そして魚料理がテーブルに置かれていた。

「わぁ、いい匂《にお》い。お腹が空《す》いてきちゃった！」

シーナの仕事は日が暮れるまでと決まっていたので、彼女はもう家に帰ったあとだった。

しかし、料理上手な彼女が作っていってくれた料理はまだ温かく、ノエルはシーナに感謝しながら、ひとりで食事を終えたのだった。

＊＊＊

『ほら、頑張って！　自分の身体が雲のように軽くなるのを感じて』

「うーん……っ！」

ファルタと知り合ってから、季節は一周巡っていた。

四季のあるアリステリア王国では、若々しい葉や新芽が大地を緑に染め、美しい花々がキラキラと輝いていた。

そんな野原の真ん中で、いつものように身体をゆったりと横たえたファルタが、必死に空を飛ぼうと頑張るノエルに稽古《けいこ》をつけていた。

本来なら、ノエルには空を飛ぶ能力があると彼女は言う。

しかしノエルは、どんなに頑張っても、三十センチほどしか浮かび上がることができない。

『本当に面白い子だわ。もしかしたら走っている時の方が、もっと高く飛んでいるかもしれないわね』

そう言って笑う彼女は、出会った時よりも、もっと柔和な表情をするようになった。

これは、ノエルに心を開いている証拠だろう。

いや、むしろ母親が子どもに接する時のような、優しい表情をしていた。

こうして彼女に付き合ってもらいながら、何度も空を飛ぶ練習をしているのだが、なぜだかノエルは空を飛ぶことができない。

けれどもファルタは苛立《いらだ》ったり、怒ったりしない。

額に汗を浮かべ、必死に飛ぼうと頑張るノエルの様子に、目を細めるだけだった。

こんなゆったりとした時間が、女王として多忙な彼女には必要だったのかもしれない。

＊＊＊

　一方、アリステリア王国の王城内では、今夜も貴族たちが集まり、国王主催による晩餐《ばんさん》会《かい》が開かれていた。

「次期国王として顔を覚えてもらうことは必須《ひっす》。よって今夜も絶対に晩餐会に出席するように！」

　父王からこのようなお達しが来ていたので、仕方なくアッシュロードはその場にいた。

　海を思わせる青いビロードのフロックコートは、手足がすらりと長く、長身の彼にとてもよく似合っている。

　普段は下ろしている前髪を上げると、目鼻立ちのはっきりとした美しい顔がよくわかり、甘い蜜に群がる蜂たちのように、彼の周りには貴婦人たちがいた。

「なんてかっこいいのかしら、アッシュロード様」

「ええ、見ているだけで胸がときめいて……今夜は眠れそうにありませんわ」

　貴婦人たちの会話を耳にして、整った容姿をした父親に似たことを、アッシュロードは皮肉めいた感情で笑った。

しかし、そんな表情ですら美しいと、人々から感嘆の吐息が漏れる。

次期国王になることが決まっているアッシュロードは、まさしく社交界の華だった。

(兄上たちがいてくれれば、少しは現状も違っただろうか?)

少女のように儚《はかな》げで、愛らしい性格と容姿をしていた母は、父王にとって本当に宝物だった。

けれども身体が弱かったこともあり、短命だった彼女は、アッシュロードが十二歳の時に静かに亡くなった。

その時父王は、周囲の目を気にすることなく、獣のような声を上げて泣き続けた。

永遠に目覚めることのない、彼女に縋《すが》って。

この様子を、母によく似た長兄と、大輪の花のような美しさを持った次兄と、幼かったアッシュロードはただ眺めていた。

どうしていいのかわからないほど、父王は悲しみに暮れていたのだ。

それから数年後、長兄は母親と同じ病で亡くなった。

次兄は母亡きあと、人が変わった父王に嫌気が差し、他国の姫のもとへ婿養子に入ってしまった。

こうして三男であるアッシュロードが、自動的に次期国王と決まったのだ。

（俺なら、絶対にこんな身勝手な政治は行わない！）

強い意志を持って、アッシュロードは自分ができる限り父王に進言し、行動してきたつもりだ。

しかし、意志の強さではアッシュロードに負けない父王には、何ひとつ響くことはなかった。

（父上は、いつまで母上の亡霊に取りつかれているのか……）

順番に声をかけてくる貴婦人たちに微笑みながら、適当な返事をし、答えの出ない悩みに、また頭を悩ませていた。

そして庭に出られる大きな窓をふっと見れば、今夜は満月で、普段とは比べものにならないほど明るい夜だった。

（こんな夜は、館に忍び込みやすいんだがな）

義賊としての血が騒ぐ。

今すぐにでもマントを羽織り、模擬刀を持って、衣裳部屋の窓から城の外へ飛び出したい気持ちに駆られた。

けれども貴族のバカ騒ぎ——妻を亡くした父王の、寂しさを埋めるための晩餐会——の途中だ。抜け出すことは許されない。

どんなにダメな王でも、アッシュロードは父王を嫌いになどなれなかった。

母が生きていた時は、国民のことを一番に考え、善政を敷く良き王だったのだ。

小さい頃は、その大きな背中がアッシュロードの憧《あこが》れであり、誇りでもあった。

だから今でも、嫌いになどなりきれなかった。

願いは、ただ一つ。

昔のような善政を敷く、良き王に戻ってもらいたいだけ。

顔も名前も知らない貴族に乾杯をせがまれて、まだ口をつけていないワイングラスを響かせる。

(こんなに虚《むな》しい晩餐会が、この世にあるだろうか?)

演奏家たちが楽器を鳴らし始めると、どこからともなく陽気に踊る、貴族たちの笑い声が聞こえてくる。

(国民は、明日食べるパンもないというのに……)

アッシュロードの願いが叶う日は、たぶん……きっとすぐには来ないのだろう。

そんな予感がして、胸がズキンと痛む満月の夜だった。

＊＊＊

ここのところ、天気が悪い日が続いた。

赤竜の加護を受けているアリステリア王国は、雨の日、曇りの日、晴れの日がバランスよくやってくる。

よって木の実はよく実り、小麦は田畑を黄金に染め、野菜もすくすくと育った。

その上、地下に埋蔵された資源も豊富で、それらを他国に売り、本来なら国民全員が潤った生活ができるだけの収益を上げていた。

「――今日も洗濯物が乾きませんね」

そばかすが可愛らしいシーナが、寂しげな声で窓の外を見た。

「そうだね。もう十日も雨が降り続いてる……」

二人で食堂室のテーブルに座り、温かいミルクティーを飲みながら、窓の外を眺めた。

世話係といっても、ノエルはシーナを友達だと認識しているので、仕事がない時は一緒にお茶を飲んだり、精霊の間で流行《はや》っているゲームなどをして遊ぶことがよくあった。

このことに長は目を細め、なんの忠告もしてこない。

「ノエルはノエルが感じるまま、思うままに生きなさい。それがあなたのさだめ」

長のもとを訪れるたびにそう言い聞かされ、ノエルも素直に首を縦に振った。

「うん、僕は友達がたくさんほしい！　だからシーナも友達。それでも構わないでしょ？」

「あなたがシーナを友と呼ぶのなら、それはきっと間違いのないことよ」

長からの返答に、ノエルは喜んで頷いた。

だから、今もこうして二人でお茶を飲みながら、最近天気が悪い……と世間話の合間に窓の外を見ていた。

「ノエル様のお洋服もお洗濯したいんですけどね。シーツだってそろそろ限界です。枕《まくら》カバーと一緒に洗いたいですわ」

シーナは「家事が好きだ」といい、これまで洗濯も掃除も料理も、文句ひとつ言わずにこなしてくれた。

地を這って花を探すのが好きなノエルは、いつも服に土汚れをつけて帰ってきた。それを苦笑しながら受け取り、シーナは真っ白に洗濯してクローゼットにしまってくれるのだ。

だからノエルはいつもシーナに感謝していたし、休める時は休んでもらい、ともに楽しめる時間があるのなら楽しみたいと考えていた。

「シーナはお洗濯も好きなの？」

「はい、頑固な汚れほど『綺麗に落としてやる～っ！』っていう闘争心が燃えて、真っ白になった時の快感は、他に得難いものがありますわ」

「そうなんだ」

これまで一度も洗濯をしたことがないノエルは、尊敬の眼差《まなざ》しでシーナを見た。

しかし、本当に雨が止《や》まない。

生まれてまだ数年しか経っていないが、それでもこんなに雨が降り続くのは、ノエルの記憶にないほどだった。

「先日ばば様が、赤竜の女王様とお話をしたのですが……お返事がまだ来ないそうなんです」

「お返事が来ないって、赤竜の女王様と連絡が取れていないってこと？」

「はい」

（ファルタは、一体どうしちゃったんだろう？）

出会った日からファルタとはずっと仲良くしていて、彼女の温かいガーネットの身体に寄りかかっては、いつも一緒に会話を楽しんできた。空を飛ぶ練習だってしていた。

しかし、ここのところ雨続きなので、彼女にも会っていない……。

雨の日は会えないことが自然であると思っていたが、ここまで彼女の優しい顔を見ていないと思ったら、急に不安が襲ってきた。

(赤竜の国で、何か良くないことでも起きてるんだろうか?)

そんな嫌な予感がした時だった。

「失礼します!」という言葉とともに木戸をノックされ、シーナが開けに行った。

するとそこには長に仕える青年が立っていて、頭を一つ下げると、慌てたように天を指差した。

「大変です、あの黒い塊を見てください!」

「あれは一体何!?」

あからさまに顔が青くなったシーナに驚き、ノエルも玄関まで走っていって、彼が指差す方向を見上げた。

「あの黒い帯状のものは?」

低く垂れこめる雲の間を、長く太い列がうねるように続いていて、ノエルは濡《ぬ》れるのも忘れて外に出た。

「ばば様の話によると黒竜《こくりゅう》の大群だということです。黒竜はとても凶暴で、精霊や人間を襲っては食べるといいます。その黒竜が、大量に赤竜の国へ攻め入っているものと考えられます」

「そんな……」

この話に、ノエルは一気に青ざめた。

「どうぞお二人とも精霊の国へお逃げください。あそこは結界が張ってあるので、黒竜でも入ることはできません。それに高台にあるので、もし川が決壊しても安全です」

「決壊するの？　川……」

現実味を帯びた恐怖が急に襲ってきて、ノエルの背中に冷たい汗が流れた。

「わかりません。でも大事を取って、平地に住んでいる精霊たちは、ばば様の館へと非難させました」

実は精霊たちは、人間界から離れた土地にそれぞれ家を建て、好きな場所に住んでいる。ノエルも同様で、王子のような存在なのだが、多くの者が傅《かしず》く長の館が苦手で、好きな土地を選んで、自由気ままに暮らしていた。長の許可を得て。

「わかった。シーナはお家へ帰って。そしてお母様と一緒に館へ逃げて」

「ノエル様は？」

なおも不安がる彼女に、ノエルは安心させるように微笑んだ。

「大丈夫、僕も国へ逃げるから」

この言葉に頷いた青年は、持ってきてくれたのだろう雨合羽をシーナに着せると、走って帰る彼女の背中を、ノエルと一緒に見送った。

「私が責任を持ってばば様のもとへお送りいたします。さぁ、ノエル様も逃げる準備を！」

「はい！」

ノエルは頷くと、大きな袋に服などを放り込み、家を出た。

すると青年がもう一枚持っていた雨合羽を着せてくれ、精霊の国の奥深くへと二人で向かった。

途中途中で大きな水溜《た》まりができていたり、道が土砂で塞《ふさ》がれていたりしていて、しばらく家から一歩も出ていなかったノエルは、この状況に戸惑うばかりだった。

それでもなんとか青年と一緒に長のもとに辿《たど》り着くと、雨合羽を脱ぎ、白く光る石で造られた大きな館に入る。

「ばば様！」

「あぁ……ノエル。無事だったかい？」

「はい。ばば様たちは？」

「私たちは大丈夫だよ。それより、川下に住んでいるお前たちが気になってね」

彼女が言うが否や、先ほどとは違う青年が、長の座る高座の前で片膝《かたひざ》をついた。

「ご報告いたします。平地や川下に住んでいる者たちは、全員避難が完了しました！」

「そうかい、そうかい。それは安心した。それではこの館の部屋をすべてを開放して、その者たちを受け入れてやっておくれ」

「かしこまりました」

「あと、お前たちはありったけの小麦粉を集めて、硬いパンを焼いておくれ。とにかくたくさんね。甘いものやしょっぱいものなど、味つけも様々に」

「どうして硬いパンを焼くの？」

仕える女性たちに指示した長に、ノエルは問いかけた。

「硬く焼いて乾燥させたパンは、日持ちするからね。国中の小麦粉を使っていいから、できるだけ非常食の用意をしておくんだよ。あぁ、それと砂糖を使って、飴《あめ》も大量に。子どもたちのおやつになるからね」

「はい、かしこまりました」

年老いて、歩くことも困難な長を支える少女たち以外は、みな忙しく動き回っていた。

精霊たちはエーテルの泉か精霊夫婦から生まれ、エーテルに癒《いや》されて日々を生きているが、食事は人間と同じような物を食べていた。

　大地から溢れるエーテルを吸って、生きながらえることもできるが、育ち盛りの子どもたちはきっとそれだけでは足りず、「お腹が空いた」と泣き出す者も出てくるだろう。

　そのような時のことを考えて、長は指令を出したのだ。

「ねぇ、ばば様。川が決壊するほど雨が降ったことって、これまでにもあったの？」

　彼女の横に正座しながら、ノエルは風も強くなってきた外の様子が、不安で仕方なかった。

「そうだね……私がまだお前ぐらいの時に一度あったね。でもその時は、赤竜の女王が彼らを追い払ってくれた。だから私たちは無事だった。だけど今回は……」

「今回は？」

　言葉の先を渋る長に、ノエルの表情もだんだん険しくなる。

「今回はわからないね。赤竜の女王様ももうお歳《とし》だ。二千年以上は女王を務められている。だから今回は、どこまで黒竜を退けることができるか……」

「ファルタって……っていうか、女王様ってそんなにお歳だったの？」

「そうだよ。竜は長生きだ。私たちの想像を遥《はる》かに超える時間を生きている。だから女王様の本当のお歳を、誰も知らないんだよ」

「それぐらい長い時間を、女王様は生きてきたってことなんだね」

ノエルは俯《うつむ》くと、ますますファルタが心配になってきた。

城の中は相変わらず慌ただしく、シーナも仕える女性たちに混じって、忙しそうに動き回っている。

そんな彼らを見て、ノエルは自分の力のなさを痛感していた。

いつも家のことはシーナにしてもらっているので、パンひとつ焼くことができない。

三十センチしか飛ぶことができないので、崖崩れで逃げることができなくなった精霊たちを、空を飛んで助けに行くこともできなかった。

（ファルタ……）

そして何より、親友が現在どのような状況なのか、そのことが一番心配だった。

「どうしたんだい、ノエル」

「僕、ちょっと女王様に会ってきます」

「なんてことを言うんだい。そんなこと無理に決まって……」

ファルタのことしか考えられなくなっていたノエルを引き留めようと、長の腕が伸ばされた。しかしその手は、すんでのところでノエルの服を摑み損ねる。

ノエルは走るのが速い。

なぜなら、半分宙に浮いているからだ。

「ノエルを捕まえておくれ！」

仕える少女たちに声をかけたが、あっという間に館を飛び出してしまった彼を、少女たちは捕まえることができなかった。


雨脚はさらに強くなり、油を染み込ませた特殊な布で作られた雨合羽も、あまり役目を果たさなくなった。

走っていると少し高く空を飛べるノエルは、大きな水溜まりも土砂が崩れた部分も、すいすいと駆けていく。

しかし途中から稲光までするようになり、ドーンドーンと大きな音を立てて、雷の矢が地上に降り注ぎ始めた。

そんな中を、ノエルはファルタを求めて駆けていく。

すると、目の前に真っ赤な何かが横たわっていて、ゾクッとして足を止めた。

「……これって……」

身体の大きさはファルタに及ばないものの、その扇形の鱗は確かにガーネットの輝きを持っていて、赤竜だと一瞬でわかった。

けれども赤竜はぴくりとも動かず、瞼は閉じられ、開いた口からは力なく舌が垂れていた。そしてよく見ると、ところどころ鱗が剝《は》がれ、傷ついた場所からは青い血が流れ出ている。

「そんな……」

目の前の赤竜に勇気を出して触れると、身体は冷たく、もうエーテルを感じることもなかった。

ノエルの濃紺の瞳に、涙が浮かぶ。

「可哀《かわい》そうに……黒竜にやられたの？」

問いかけても返事はなかった。

まだ若い竜なのだろう。

身体つきも華奢《きゃしゃ》なので、成竜ではない気がした。

精霊に例えるなら、今年十八歳になったばかりのノエルと同じ年くらいだろうか。

溢れる涙を拭《ぬぐ》って、ごめんね……と呟《つぶや》きながら赤竜の上を飛び越えていく。道を塞ぐようにに倒れていたので、そうするしかなかったのだ。

雷鳴は数を増し、稲光も次々と大地を襲った。

雨は滝のようになり、もう数メートル先も見えない。

しかも、いつもファルタと遊んでいた野原に近づくにつれ、赤竜の死骸《しがい》が増えていく。

「酷《ひど》い……」

ノエルはもう、溢れる涙を止めることができなかった。

しかし顔に打ちつける雨のせいで、涙なのか水滴なのかもわからなくなった。

「こんなことって、あるの……？」

小高い山から平地を見渡すと、赤竜や黒竜の死骸がたくさんあった。

きっとこの広い野原の上に、赤竜の国があるのだろう。

だからファルタも、ここで珍しい花をいつも探しては、泥だらけになって帰っていくブルーローズの精霊を眺めることができたのだ。

「ファルター！　ファルター！」

死骸を避《よ》けながら、野原を歩く。

雨音と雷鳴ですぐにかき消されてしまうが、ノエルは必死になって友の名を叫び続けた。

するとドォッと大きな音を立てて、目の前に一際身体の大きな赤竜が落ちてきた。

「ファルタ！」

赤竜はみな似たような外見をしていたが、彼女の姿だけはすぐにわかった。

なぜなら一年もの間、毎日のように一緒にいたのだから――。

「ファルタ！　ファルタ！」

ガーネットの鱗や、黒竜の鱗である黒曜石が散らばった野原を駆けていき、ノエルは彼女の眼前に来るとその頬《ほお》を擦《こす》った。

するとファルタは薄く目を開けて、微笑んだ。

『あぁ、よかった……最期に、あなたに会うことができた……』

「最期なんて言わないで！　大丈夫だよ、きっと傷も治って元気になるよ」

胸の傷からは鼓動に合わせて青い血が溢れてくる。

ノエルは、着ていた雨合羽を脱いで必死に止血した。

しかし彼女の出血は止まらず、金色の瞳からはどんどん生気がなくなっていく。

『ノエル……私のお願いを聞いてくれる』

いつものように心に響く声に、ノエルは大粒の涙を流しながら何度も何度も頷いた。

すると彼女は自分の腹に手を当て、何やら光り輝く珠《たま》を取り出した。

それはすうっと彼女の腹から出てきたもので、ファルタには傷ひとつついていない。

『これを……守って……』

た。

驚くノエルの薄い腹に、先ほどファルタの腹から出てきた光の珠が、吸い込まれていった。

「えっ⁉」

その途端、ドクンッと腹の中で大きな音がした。

「なになに？　何が起こったの？」

自分の腹に収められた光の珠に驚いていると、心の中に彼女の声が響く。

『それは私の大事な卵……ひと月後に孵化《ふか》するわ』

「えぇ⁉」

腹に手を当て、見た目は何も変わらない腹をノエルは何度も擦った。

『大丈夫よ。あなたなら、すべてが上手くいくわ。だから自分の力と運命を信じて、突き進んでいって……』

「ファルタ！　ファルタ！　ダメだよ、目を開けて！　もっと僕と一緒に生きよう！」

この時にはひっくひっくと声を揺らし、ノエルは彼女の死を予感していた。

『そうね、あなたと一緒にもっと生きたかったわ。でも、もう寿命も迫っていたの。私は長く生きすぎた……』

「嫌だよ、ファルタ！　逝かないで！」

『この鱗は竜の心臓を守る特別な鱗。この肉体が果てても、私の魂は……あなたのそばにいるわ。だから大事に持っていてね……』

手渡されたガーネットの鱗は他の物よりズシリと重く感じられた。そして扇形ではなく、綺麗なひし形をしていた。

『さぁ、ノエル。お逃げなさい。もうすぐ川が決壊するわ』

「嫌だよ、ファルタのそばにずっといる！」

『我《わ》が儘《まま》を言って困らせないで……さぁ……』

彼女のこの言葉と同時に、空を飛べる精霊たちが一斉に叫んだ。

「上流で川が決壊したぞ！」

『ノエル、早く逃げなさい！』

「嫌だ！」

青い血を流す彼女に抱きつくと、ファルタは最後の力を振り絞って、ノエルを両腕で抱き締めた。

途端、信じられない量の泥水が、ひとりと一匹を呑《の》み込んだ。

「うわっ……」

泳げないノエルは、ただファルタにしがみつき、流されるだけだった。

ファルタもまた、ノエルの服に爪《つめ》を立て、離れないように抱き締めていた。

こうして濁流に呑まれたノエルとファルタは、うねる波とともに、下流へと流されていったのだった。

第二章　運命の出会いと精霊の鈴

精霊たちの領域である西方では、一晩中激しい雷雨が続いた。

しかし翌日は、美しい青空が国全体を包み、穏やかな晴天に恵まれていた。

「アッシュロード様、おはようございます」

「ステファン……今朝《けさ》はやけに早いな……」

豪雨と雷の音でなかなか眠れなかったアッシュロードは、いつもより三時間は早く起こしにきたステファンに背を向け、再びクッションを抱き締めた。

しかしカーテンが開けられ、アッシュロードは仕方がないと起き上がる。

普段は整えられた髪も、今は寝癖がつき、ぼさっとした印象だ。

けれども美しい男は寝起きも美しく、朝日を受けて、金糸のような髪はきらきらと輝いていた。

「アッシュロード様。急遽《きゅうきょ》決まったことなのですが、陸軍隊が昨夜《ゆうべ》の雨の被害状況を確認しに行くとのことです。ご同行なさいますか？」

「なんだと！　それを早く言え！　ステファン！」

この言葉にベッドを飛び出したアッシュロードは、急いで王城の一階にある衣裳部屋へと駆けていった。

そのあとを、音もなくステファンは速足でついていく。

どんな急用があっても、城に仕える者は、絶対に廊下を走ってはいけないというルールがあるからだ。

侍女の手で衣服を着せられ、髪形も整えられて、最後にステファンが襟とタイのチェックをすると、アッシュロードの身支度は終わった。

普段は刺繍《ししゅう》や飾りがふんだんにあしらわれたフロックコートとキュロットという、動きにくい服装を強いられているが、今日は被害状況の確認なので、シンプルなカーキ色のウエストコートに、同色の長ズボン。そして動きやすい革のブーツという、戦場へ赴く時と同じ格好で愛馬に跨《また》がった。

「それじゃあ、行ってくる」

「いってらっしゃいませ。危険なところですので、十分お気をつけて」

「わかった」

ステファンをはじめ、多くの侍女や従者に見送られ、陸軍隊の騎馬兵を先頭に視察隊の列は動き出した。

道中、隣に馬を寄せてきたのは、陸軍隊隊長の准将アーサー・コーンウェルだ。

アーサーは二十九歳という若さで陸軍隊の准将にまで上り詰めたエリートで、アッシュロードが心を許す数少ない臣下だった。

意志の強そうな太い眉《まゆ》に、茶色い瞳。そして同じ色の髪はいつも短く整えられていて、きりりと引き締まった男らしい顔は、社交界の令嬢からも人気が高かった。

そんな彼は馬を走らせながら、現在わかる範囲での情報を、アッシュロードにもたらした。

「本日未明、国境警備隊から一報がありました。昨夜の雷雨と同時間帯に、数えきれない数の赤竜と黒竜が空から落ちてきたと」

「竜が？」

『アリステリア王国には赤竜が住む』ということは、アッシュロードもよく知っていた。

まだ幼かった頃、国王も赤竜の女王と縁故にしており、城の庭にそれは美しいガーネットの鱗を纏《まと》った大きな赤竜が、よく遊びに来ていたものだ。

しかし王が堕落してからは、一度も彼女を見ていない。

「この地を守る赤竜に、一体何があったというんだ？」

「おそらくですが、黒竜も一緒に落ちてきたということは、赤竜と黒竜の間で諍《いさか》いがあったのではないかと……」

「諍い？」

「はい。黒竜は良い噂を聞きません。数千年前に自国のエーテルを吸い尽くして以来、各地にある竜の国を襲っては、その竜が庇護《ひご》する国をも滅ぼしてきたと聞きます」

「確かに、その話は俺も聞いたことがある。しかし、ここ最近はおとなしくしていたはずでは？」

「それが……この星の裏側にある大陸の、一番大きな国が最近急激に砂漠化し、先日滅んだと」

「なるほど。黒竜は長年にわたってその国を支配していた。だからおとなしかったわけか……で、この情報は誰がもたらした？」

「王立図書館で司書を務めている者でございます。ここだけの話……彼は世界を見渡す力を持つ精霊でして」

「なるほど、『隠れ精霊』か。彼らは謙虚な上に、いつも良い仕事をしてくれる」

「はい」

「それで、今回竜たちが落ちてきた場所というのは？」

「この先にある野原でございます。普段は精霊たちが住んでいるので、我々人間は立ち入ることができないのですが、精霊たちも昨夜は大変だったのでしょう。結界の一部が壊れているらしく、国境警備隊でも立ち入ることができたと」

「それは本当か？」

精霊たちが住むという国には、人間は立ち入ることができない。

なぜならば人間が精霊の国に近づくと、自然の結界が道を歪《ゆが》め、精霊の国へ行かせまいとするからだ。だから今回も、一部を覗《のぞ》き見ることはできても、精霊の国へは辿り着けないだろう。

精霊の国へ行ったことがあるという母から話を聞いていたアッシュロードは、美しくて清廉な彼らの世界へ、一度行ってみたいと願っているのだが——。

土砂で塞がれた山道は、国境警備軍の手によってすでに通れるようになっていて、彼らの労を労《ねぎら》いながら、アッシュロードは先へと進んだ。

しかし進めば進むほど道は険しくなり、馬を降りて獣道を行った先の光景に、アッシュロードの瞳は見開かれた。

「なんだ……これは……？」

目の前に広がる無残な光景に、これ以上言葉を紡ぐことができなかった。

獣道を越えた先には広大な野原が広がり、そこには何十体という赤竜と黒竜の死体が転がっていたからだ。

しかも野原のほぼ半分は土石流に流され、ごっそりと地面がなくなり、昨夜降った雨が川のように流れている。

「あまりにも痛々しい光景ですな……」

アーサーも眉を顰《ひそ》め、言葉を失っていた。

「竜を間近で見たことは？」

アッシュロードの問いかけに、アーサーは首肯した。

「子どもの頃に一度だけあります」

「そうか。では近づくだけの勇気はあるな」

「王子殿下！　これ以上進むのは危険です！」

木の枝を上手く摑んで、アッシュロードは野原へと着地した。獣道から野原へは、少し段差があったからだ。

「大丈夫だ。もう少しこの状況を把握したい。勇気のある者だけついてこい」

「王子殿下！」

アーサーは頭痛を抑えるようにこめかみに手を当てたが、判断は早かった。

好奇心旺盛《おうせい》で怖いもの知らずなアッシュロードの性格を熟知していたので、止めても無駄だとわかっていたからだ。

アッシュロードのあとに続き、アーサーも野原に降り立った。その途端、ぬかるんだ地面に足を取られる。

「なんだ？　あれは」

アッシュロードは青い何かが光っていることに気づき、目を眇《すが》めながら遠方を指差した。

「あれとは？」

「ほら、あれだ。一際大きな赤竜の横に、青く光る何かがある……」

そう話しながらも、アッシュロードは引力のような見えない力で、青く光るものに吸い寄せられていった。

「王子殿下！　危ないですから、それ以上走らないでください！」

ぬかるみに足を取られながらも、アッシュロードはそれに惹《ひ》かれるのを止めることができなかった。

これは好奇心とは違う感情だった。

もちろん興味はあったし、自分の目で確かめたいという気持ちもあった。

しかし、この時アッシュロードは夢中でそれを……青く光る物を、手中に収めたい気持ちでいっぱいだった。

そうして膝をつくようにして辿り着いたそこには、ひとりの可憐《かれん》な少年がいた。

「なんと美しい青色の髪なんだ……」

肌には泥がつき、乾き始めていたその華奢な身体を、アッシュロードは当然のように抱き起こした。

息はある。平らな胸は確かに上下し、彼の力強い鼓動をアッシュロードに伝えていた。

この酷い土石流の中でも生き残れたのは、きっとこの大きな赤竜が、彼を守り抜いたからなのだろう。

「……う……ん……」

「おい、大丈夫か？　しっかりしろ！」

少年が小さく呻《うめ》いたので、アッシュロードは呼び起こそうと声を張った。

すると睫毛《まつげ》の長い瞼がゆっくりと開けられて、まるでサファイアのような濃紺の瞳が現れた。

その瞳は真っ直《す》ぐアッシュロードを見つめ、アッシュロードもまた彼の魅力的な双眸《そうぼう》を見つめ返した。

「実に綺麗だ……」

アッシュロードは、一瞬にして心を鷲摑《わしづか》みにされた。

全身がかぁっと熱くなり、胸が苦しくなるほどの高揚を覚えた。

倒れることはなかったが、眩暈《めまい》すら感じた。

これまでだって男女問わず戯れをし、経験も少なくはないアッシュロードだったが、『本物の恋』というものを生まれて初めて知ったのだ。

それは不思議な感覚だった。

誰に教えられたわけでもないのに、本能でそう感じた。

この少年が、自分の人生に必要な愛しき者だと——。

「あなたは、誰……？」

泥にまみれていても、少年は力強く咲き誇る花のように美しかった。

「俺の名はアッシュロード・サイオン・アリスタリア。この国では王子と呼ばれている」

「王子……様？」

「そうだ」

まだ意識がはっきりしないのか？　赤く艶《つや》やかな唇で、譫言《うわごと》のように訊《たず》ねてきた彼に、アッシュロードは胸のときめきが治まらない。

「少年、君の名は？」

「ノエルと申します。助けていただき……ありがとう、ございます……」

竪琴《たてごと》を爪弾《つまび》くような音色で話す彼を、アッシュロードはますます好きになった。これが、運命の出会いだと確信しながら。

「あの、ファルタは……？」

「ファルタ？」

泥水で冷えた身体が思うように動かなくて、ノエルはアッシュロードの腕の中から這うようにして出ると、自分の隣に横たわった一際大きな竜に触れた。

「ファルタ……」

あんなにも綺麗だった金色の目は、静かに閉じられていた。

きっと辛《つら》くて痛かっただろうに、その死に顔には苦悶《くもん》の表情はひとつも浮かんでいない。

「ファルタ……ファルタ……」

ガーネット色の身体に縋りながら、ノエルは母親を失った子どものように泣いた。

エーテルの泉から生まれたノエルには、母親が存在しない。

だからノエルにとって、ファルタは親友であり母親代わりでもあったのだ。

「ノエル……そんなに泣いたら身体に障る。さぁ、こっちへ」

「うぅ……」

温かなアッシュロードの胸に抱かれると、悲しみがもっと溢れて、ノエルは声を上げて泣いた。

普段、ふわふわした思考で生きているノエルでも、死んだ者はもう生き返らないということはわかる。

だから、もうファルタは生き返らない。

笑ってもくれないし、空の飛び方も教えてくれない。

昔話も聞かせてくれないし、一緒に昼寝もしてはくれない。

そう思うと、ますます悲しくなって涙が溢れ出た。

その時だ。

『……エル、ノエル？　二人とも私の声が聞こえる？』

「えっ？」

「なんだ？　この声は？」

二人の心の中に呼びかける女性の声がして、ノエルは驚いて顔を上げた。

「ファルタ！　ファルタなの？」

『そうよ。竜は肉体が滅んでも、しばらくの間、魂は生き続けるの。だからそんなに泣かないで。それに、ノエル。あなたにひし形の鱗を渡したでしょう？』

「うん」

『その鱗さえ持っていてくれれば、私の魂はあなたのそばにいられるわ』

「本当？」

「ファルタとは誰なんだ？　それに心に響くこの声は……？」

混乱から額に手を当てるアッシュロードに、ノエルはファルタの存在を説明した。

「赤竜の女王だと？　そうか……彼女がそうだったのか」

沈痛な面持ちで、アッシュロードが竜たちの死骸に黙とうを捧げている時だった。

『ノエル。あなたにお願いがあるの』

「お願い？」

ファルタの声が再び二人の心に響いた。

『今回の黒竜との戦いで、精霊の国にも雷がいくつも落ちて、大きな被害が出たわ』

「そうなの!?　それじゃあ、急いでばば様のところへ行かなくちゃ！」

よろける身体で立ち上がると、アッシュロードに支えられた。そして、ファルタにも止められる。

『待って。よく聞いてちょうだい。今、あなたは精霊の国には行けないわ。いくつも張られた結界が壊れて捻《ね》じれてしまってね。今は誰も精霊の国には入れないし、出られないの』

「じゃあ、精霊である僕も、国には行けないってこと？」

『そう。だから昔、私がアリステリアの国王にあげた、《精霊の鈴》を持ってきてほしいの』

「精霊の鈴……」

『それを森の中で鳴らせば、結界が正常化して国へ帰ることができるわ』

「でも、精霊の鈴ってどんなものなの？」

「見た目は普通の鈴よ。でもあなたは特別な精霊だから、一目見れば、それが精霊の鈴だとわかるわ」

「その精霊の鈴とやらを持ってくれれば、結界の捻じれは取れるのか？」

『ええ、若きアリステリアの王子。精霊の鈴があれば、人間でも精霊の国に入れるわ』

「誠か!?」

『素直な人ね、あなたは。一度精霊の国へ行ってみたかったんでしょう？　あなたの瞳がそう物語っているわ』

　ファルタにクスクスと笑われ、アッシュロードは居心地が悪くなった。

　その横で、意思を固めたようにノエルが頷く。

「わかった！　僕、精霊の国のために鈴をもらってくるよ！」

『とても大変なことよ。それでもできる？』

「うん、僕に任せて！　まだ三十センチしか飛べないけれど……でも、できることは全部やってくる」

「俺も手伝おう」

『ありがとう、アッシュロード王子。この子はまだ純粋で未熟だから。守ってあげてね』

「わかった。俺が身元引受人としてノエルを守る」

『頼もしい言葉だわ。また何かあったら、私の魂を心の中で呼んでちょうだい……』

「アッシュロード様ーっ！」

まるでファルタと入れ替わるように、アーサーと隊員たちがぬかるんだ道をやってきて、荒い息を吐きながら額の汗を拭った。

「アッシュロード様、ご無事ですか？」

「あぁ。お前たちは、ここへ来るまでずいぶん難儀していたな」

「運動神経がずば抜けているアッシュロード様だから、こんな危険なところまで、速足で来ることができたんですよ。私たちだって体力には自信がありますが、竜や岩を避けながらぬかるんだ道を歩いてくれれば、これぐらいはかかります……で、こちらのお方は？」

アーサーは、泥だらけのまま突っ立っていたノエルに目をやった。

「この者はノエルという。実に美しき精霊だ。俺の将来のお妃候補だから、丁重にもてなすように」

「えぇえっ!?」

素《す》っ頓狂《とんきょう》な声を上げたのは、アーサーだけでなく、ノエルもだった。

「えっ？　えっ？　なんですか？　いつの間に僕は、王子様のお妃様候補になったんですか？」

激しく動揺するノエルに、アッシュロードは胸を張った。

「目と目が合った瞬間だ！　胸がこれまでにないほど高揚して、『これは恋だーっ！』と俺の全霊が叫んだ」

人目も憚《はばか》らずノエルに恋心を伝えるアッシュロードに、アーサーの方が照れてしまっている。

エーテルの泉から生まれる精霊には、一応男女の性があるが、基本的には全員子が産める。

精霊の国の住人は、エーテルの泉から生まれる者と精霊同士の間に生まれる者が、半々という感じだ。

よって世継ぎが必要なアッシュロードにとって、ノエルも立派な妃候補ではあるのだが……。

「しかし……精霊は人間と結ばれると、その寿命は人並みとなり、特別な力も失うと聞きます」

アーサーの言葉に、アッシュロードは大きく頷いた。

「わかっている。だから『それでもいい』と思わせるほど、ノエルを俺に惚《ほ》れさせる。もし惚れさせることができなかったら、その時はおとなしく諦《あきら》めるよ」

「王子様……」

ガーネットの鱗を両手で握り、驚きから胸に当てていたノエルは、真っ直ぐ自分を見つめるアッシュロードに、心臓のドキドキが止まらなかった。

（ど、どうしよう……ファルタ！　王子様のお妃様候補になっちゃったよ！）

心の中でダラダラと汗をかきながらファルタを呼んだが、彼女のクスクスとした笑い声が聞こえただけで、なんのアドバイスもくれなかった。

「わぁっ！」

そうして立ち尽くしていると、痺《しび》れを切らしたようにアッシュロードに横抱きにされた。

「将来の妻に、ぬかるんだ道など歩かせられないからな。俺の首におとなしく摑まっていろ」

「そ、そんな恐れ多いこと……」

ノエルが左右に首を振ると、

「お前なら何をされても構わない。さぁ、早く俺の首に両腕を回せ。そうでないと出発できぬぞ？」

こんな高貴な方に、ぬかるんだ道を歩かせてもいいものだろうか？　そもそも抱き上げられている段階で無礼なのではないだろうか？

そんなことをぐるぐる考えながらも、ノエルはおずおずと彼の首に両腕を回した。

すると、アッシュロードは満足したように歩き出す。

先ほどアーサーと呼ばれていた屈強な男が言っていたように、アッシュロードという王子は、とても運動神経がいいのだろう。

小柄な精霊とはいえ、一人前の大人であるノエルを横抱きに抱えたまま、平然とぬかるんだ道を歩いていく。しかも、どこか嬉しそうに。

「鈴は一緒に探そう。人間の世界に慣れていない、精霊のそなたひとりでは無理だ」

「はい」

そうだ。こんなところでドキドキなどしていられない。

自分には精霊の鈴を探し出し、精霊の国を助けるという使命があるのだ。

アッシュロードに抱えられたまま獣道も行き、そして見たこともないほど美しく手入れされた白馬に乗せられた。

「あ、あの！　僕、泥だらけだし……こんなに汚れているから、白いお馬さんには申し訳ないかと……」

慌てて騎乗を拒否すると、ノエルの後ろに座ったアッシュロードが手綱を引いた。

「泥だらけは俺も一緒だ。さぁ、とりあえず城へ帰ろう。作戦会議は風呂に入ったあとだ」

「お風呂って……お城のお風呂に、僕も入るんですか!?」

再び恐れ多さを感じて振り仰ぐと、アッシュロードがニヤリと笑った。

「当たり前だろう。それとも、どこか温泉にでも寄っていくか？　このあたりは確かに良い湯が湧《わ》くからな。俺が背中を流してやろう」

「い、いえ！　僕ひとりでお風呂に入れます！　それにお城のお風呂で大丈夫です！」

からかわれたのだとわかると、ノエルは頬を真っ赤に染めてパッと前を向いた。

（背中……あったかい）

そう思うと、ファルタと過ごした楽しい時間を思い出す。

しかし、その時には感じなかった胸のドキドキがノエルを支配して、安らぎよりもそわそわとした気持ちの方が勝った。

広い胸に抱かれる形で馬に乗りながら、ノエルは期せずして、この国の最高権威である王城へ、王子の妃候補として行くことになったのだった。

精霊の鈴を、探し出すために――。

＊＊＊

最短の道を来たアッシュロード一行だったが、それでも精霊たちが住む西方の森には、王都から馬を走らせて五時間以上はかかる。

こんなにも長い距離を馬に乗って移動したことのないノエルは、いつの間にかアッシュロードの肩に頭を預け、疲れから寝てしまった。

「城に着いたぞ、ノエル」

この言葉に目を覚ましたノエルは、眼前に美しいアッシュロードの優しい笑顔があって、ドキンと大きく心臓が鳴った。

「す、すみません！　僕、途中から寝てしまったみたいで！」

「構わん。あんな土砂崩れに巻き込まれた上に、親友の赤竜の女王を亡くしたんだ。心も身体も疲れて当然だろう？」

「王子様……」

「王子様なんて堅苦しい呼び方はやめてくれ。お前は将来、俺のお妃になるかもしれないんだ。アッシュロードと呼べばいい」

「そんな恐れ多いこと……」

馬を降りたアッシュロードに、両脇《りょうわき》に手を差し入れられて、幼子でも持ち上げるようにして抱きかかえられた。

そうして綺麗な石が平らに嵌《は》め込まれた、立派な馬車寄せに下ろされると、ノエルは二人を乗せてここまでやってきた白馬を振り返った。

白馬はやはり泥だらけになっていて、初めて見た時よりも疲れた様子だった。

ノエルはそんな白馬に、こうするのが当たり前だというように、優しく顔を撫でてやると、長い鼻筋に額を押し当てた。

「お馬さん、僕たちをここまで連れてきてくれてありがとう。お疲れ様。ゆっくり休んでね」

「ノエル……」

アッシュロードもアーサーも驚いて目を見張った。

確かに二人とも馬は好きだが、このように敬意を払って扱ったことはない。

馬は時に相棒であり、戦場では『道具』のひとつだ。

その馬に対して、当たり前のように優しく接するノエルの姿に、アッシュロードは額に手を当てた。

「ノエル、お前はどこまで純真なんだ？　胸に一物持つ者ばかりの王都で生活させるのが、心配になってきた……」

「私も左様に思います」

「？」

アッシュロードとアーサーの会話が理解できなくて、ノエルは小首を傾《かし》げた。

すると、事前に飛ばしておいた早馬隊から、情報が入っていたのだろう。二人の可愛らしい女性が、ドレスの裾《すそ》を持って玄関の階段を駆け下りてきた。

そして深呼吸をして息を整えると、ノエルの前に並び、同じタイミングで膝を折る。

「ノエル様、お早いお着きで」

「初めまして、ノエル様。私たち姉妹がノエル様のお世話をさせていただきますわ。よろしくお願いいいたします」

「お世話……ですか？」

「はい。ご用がございましたら、私たち姉妹になんなりとお申しつけくださいませ」

お世話係……というと、シーナを思い出した。

ノエルの家を掃除したり、洋服を洗濯したり、食事を作ってくれたり……きっと彼女たちも、シーナのような存在なのだろうとノエルは理解した——実際はそんな小規模な話ではなかったのだが。

「あの、よろしくお願いいたします！　僕、お城のことも王都のこともなんにも知らなくて……いろいろ教えてくれると嬉しいです」

「かしこまりました」

微笑んだ二人の女性の後ろには多くの侍女がいて、皆がドレスの裾を持ち、ノエルに頭を下げていた。

「ノエル、紹介しよう。こちらの髪を結い上げた女性が、姉のアリッサ・ウッディー公爵令嬢。巻き毛の女性が妹のミザリー・ウッディー公爵令嬢だ。二人はこの城に仕える者の中でも聡明《そうめい》で気立てが良く、知識も豊富だ。良き友となり、そなたの生活を支える者となるだろう」

「身の回りのお世話から王都でのお買い物まで、私たちがお世話いたしますわね」

姉のアリッサが微笑むと、妹のミザリーが再び膝を折った。

そうして二人して顔を見合わせたかと思うと、アリッサとミザリーは深々と頭を下げていたノエルの両腕をガシッと掴んだ。

「まず、何よりお風呂ですわね！　さぁさぁ、こちらへ！　ノエル様」

「お城のお風呂は、大きくて素敵で気持ちがいいんですのよ。綺麗な色の髪もこんなに泥だらけになって……石鹸《せっけん》でよく洗いましょうね」

「えっ？　えっ？　えっ？　えぇっ⁉」

まだ城に着いたばかりだというのに、令嬢姉妹と大勢の侍女にノエルは風呂へと連れていかれた。

確かに、大きな風呂は脱衣所からして広く、どこに身を置いていいのかわからないほどだった。

「あの、僕、ひとりでお風呂に入れますからっ！」

泥だらけの服に手をかけた令嬢姉妹に、ノエルは必死に訴えた。

「かしこまりました。では髪とお背中を流すのは、私たちがお手伝いいたしますわね」

真っ白な湯着のワンピースに着替えた令嬢姉妹は、あれよあれよという間にノエルを丸裸にすると、顔を真っ赤に染めて裸体を隠そうとするノエルを、強引に風呂場へ連れていった。

「うわぁ……本当に素敵なお風呂ですね」

しかし王城の大風呂は、ノエルの羞恥《しゅうち》を忘れさせるほど見事だった。

湯気が立ち込める丸いドーム状の風呂場は、大人が十人以上入れそうなほど広く、キラキラ輝く小さなタイルで、花や樹木の絵が精緻《せいち》に描かれていた。

しかも床は大理石でできているのに、やすりがかけてあるのか滑りにくく、シャワーも五つほどあった。

その上、湯舟の四隅ではアロマオイルが焚《た》かれていて、とても良いラベンダーの香りがして、思わず深呼吸がしたくなる。

「ここは温泉が出ますのよ。お城は、地盤の硬い山を切り開いて建てられたのですけれど、その際にこの濁り湯が湧き出たんですって」

「それからずーっと絶えることなく湧き出るので、百年前に遷都して以来、お風呂は大風呂以外にも、各部屋かけ流しなんですのよ」

「そうなんですか」

令嬢姉妹の話に納得しているとシャワーの下まで連れていかれて、ノエルは結局、全身くまなく令嬢姉妹に洗われた。

そして綺麗な身体になると、肩まで湯舟に浸《つ》かる。

「ふぁー……」

意識しなくても、あまりの心地良さにため息が漏れた。

親友だったファルタを失ってショックを受けた心も、王子の腕の中で眠ってしまうほど疲労困憊《こんぱい》していた身体も、温泉と美しいタイルの壁画に癒されていく。

(だけど、どうして黒竜は突然ここにやってきたんだろう。彼らが来なければ、ファルタだって今頃は元気に……)

ふっと考えて、ノエルはまた涙が溢れそうになった。

「いけない、いけない！　いつまでもこんなふうに泣いてちゃ……」

涙を拭い、ファルタを失った悲しみから立ち直らなければ……と、自分を叱咤《しった》した時だった。

下腹部が突然ドクンと脈打ち、そのままドクドクと脈打ち続けた。

「えっ？　なに？　どうしてこんなにお腹が脈打つの？」

真っ平らな下腹部に手を当て、ノエルは戸惑った。

しかし、ファルタから大事な卵を預けられたことを思い出し、托された卵が脈打つことに意味があるような気がして、優しく何度も腹を擦った。

「そうか……君だって大事なお母さんを失って悲しいよね。それとも、元気に脈打って、僕を慰めてくれているの？」

優しく話しかけると、脈はとくんとくん……と落ち着いたものに変わり、しばらくすると動かなくなった。

ひと月後に生まれるというこの卵を、なんとしてでも守らなければいけない。

そんな気持ちが、ノエルの中で芽生え始めていた。

（だって、大好きだったファルタの忘れ形見なんだから……）

令嬢姉妹はもう大風呂の外に出ていたので、泣いている顔を見られることはなかったが、ノエルは風呂の湯で顔を洗うと、これ以上涙が出ないよう、小鳥と女神が描かれた天井を、無理やり眺めたのだった。

湯船から上がると、すでにドレスに着替えた令嬢姉妹が待っていて、これまで身に纏ったことがないほどフワフワのバスローブを着せられ、大きな籐《とう》の椅子《いす》へと案内された。

そこからは美しい庭の噴水を眺めることができ、火照《ほて》った身体を、侍女たちが大きな扇子で扇《あお》いでくれる。

　これだけでも十分気持ち良かったが、アリッサが冷たい葡萄《ぶどう》ジュースまで運んできてくれた。

「まだご趣味がわからないのでジュースをお持ちしましたけれど、ワインも各種冷えておりますわ。そちらになさいますか？」

「いいえ、僕はお酒があまり飲めないので。ジュースをいただきます。ありがとうございます」

　豪勢なもてなしを受けてしまって、まるで夢の中にいるようだと思いながら、葡萄ジュースを一口飲んだ。

「美味《おい》しい！」

「それはよかったですわ。この葡萄は王城内の畑で採れたものを使用しているんですよ」

「王城内には葡萄畑まであるんですね」

「はい。王城内で出される料理には、畑で採れた新鮮な野菜を使うこともあって、国賓の方々に喜んでいただいてますわ」

「へぇ」

　土や緑や花が大好きなノエルは、その畑へ一度行ってみたいと思った。

できることなら、畑を管理している人に頼んで手伝わせてもらい、自分も野菜を摘んでみたいとすら考えた。

そうして飲み終わったグラスをサイドテーブルに置き、令嬢姉妹と雑談をしている時だった。

「――ノエル。入るぞ」

よく通る男性の声が聞こえて、大風呂の扉が開けられた。

「アッシュロード様」

「風呂に入って、ますます美しくなったな……そなたはそんなに肌の色が白かったのか。青い髪も実に美しい」

うっとりした様子でアッシュロードに褒められて、ノエルは尻の下がもぞもぞとした。

これまでだって髪や瞳の色を褒められたことは何度もあるが、なぜかアッシュロードに褒められると、心の中が浮かれるように嬉しくなって落ち着かなくなる。

これは何故《なにゆえ》なのか？

「精霊は皆、肌の色が白いことが特徴だが、お前の肌は滑らかで、まるで著名な彫刻家が削り出した彫刻のようだ。整ったかんばせもまた輝きを増したな」

感心した様子のアッシュロードの賛辞は終わらず、ノエルは熱の引いた身体が再び火照るのを感じた。

確かに精霊の特徴の一つとして、白い肌が挙げられる。容姿は人間と変わりないが、精霊には薄い羽が生えている者や、耳が尖っている者など、特徴的な個性を持つ者が多い。

また、容姿が整っていることも特徴の一つだ。

その中でも、ノエルが持つ精霊としての個性は『青い髪』だ。人間には、生まれつき青い髪が生える者がいない。

精霊もまたそうだった。

しかもノエルほど愛らしく、美しい青年も稀《まれ》だろう。

青い髪と整った容姿は、『夢叶う』『神の祝福』という言霊とともに生まれ持った、ノエルの大事な個性だった。

「アッシュロード様、どのようなご用件でこちらへ？」

笑顔のミザリーが問うと、「あぁ、そうだ」と思い出したふうに、アッシュロードは瞬《まばた》きを繰り返した。

「ノエル、腹は減っていないか？　もうじき夕食の時間になる。ともに夕暮れを眺めながら、庭で食事をとろう」

「きゃーっ！　夕暮れを眺めながらお外でお食事だなんて、素敵ですわ！　素敵ですわ！」

まるで自分のことのように、ミザリーが両手を結んで喜ぶと、

「本当ですわ、本当ですわ！　とっても素敵なディナーですわね、ノエル様！」

と、アリッサがノエルの両手を握って、ぶんぶんと上下に振った。

「それでは、アリッサ姉様。とっておきのジュストコールをご用意しなければなりませんわね！」

「そうですわね、そうですわね！」

令嬢姉妹が侍女たちとともにキャアキャア騒ぎ出すと、アッシュロードがコホンと小さく咳払《せきばら》いをした。

「服装には特にこだわらん。パーティーに行くわけでもないしな。ノエルが着たいと思う服を着ればいい」

「もう、これだから殿方は『夢』がないんですわっ」

「本当に。もう少し『乙女心』を察してほしいですわよねっ」

令嬢姉妹や侍女がぶーぶー言うので、慌ててノエルは口を開いた。

「あ、あの……僕は着せていただけるのでしたら、どんなお洋服でも構いません。普段は

ワンピースに長ズボンだったし。もし、このお城に僕でも着られるお洋服があるのなら、それで……」

「ほら、アッシュロード様！　ノエル様もこうおっしゃってますわ！　やはりノエル様も将来のご主人様のためにおしゃれしたいんですよ！」

　アリッサが勝手な解釈を力説すると、

「そうですわ、そうですわ！　これは可愛らしいジュストコールを選ばないと！」

　と、ミザリーも力強く頷く。

「夢だの乙女心だの俺にはわからんが、とにかくノエルが着たい服を着せてやってくれ。彼の美しさが映える服をな」

「「かしこまりました」」

　声を合わせて令嬢姉妹は膝を折ると、ぽかーんとした表情で会話を聞いていたノエルの両腕を摑み、戸惑う彼をそのまま王城の一階にある衣裳部屋へと連れていった。

「ここが、ノエル様にご用意された衣裳部屋ですわ」

「慌ててご用意したものですから、まだ一部屋分しかお洋服がないのですけれど……これからどんどん増やしていきましょうね」

「いえ……こんなにたくさんお洋服があれば、僕は十分です」

正直、ノエルは自分に用意された衣裳部屋に圧倒されていた。

美しい小花の壁紙が張られた明るい部屋は、ノエルが住んでいた家の居間や食堂室を合わせた広さより大きい。

そこにコの字を描くように、溢れそうなほど服がかけてあり、こんなにもたくさんの服があっては、数年かけても着られない……とノエルは思った。

なにせ、ノエルはこれまで五着の服しか持っていなかった。

精霊は質素な生活を好むので、おしゃれのために服を選んだりしない。いかに生活しやすいか、という観点で服を選ぶ。

女性の精霊たちは、シンプルな木綿のワンピースに、細かい刺繍を施しておしゃれを楽しんだりもしていたが、そういう服は祭りや儀式の時にしか着ない。やはり普段はシンプルなワンピースを着ていることが多かった。

しかもこの衣裳部屋には、溢れんばかりの服だけでなく、奥には姿見や鏡台、腰かけてストッキングや靴を履くための大きなソファーまであり、そのすべてが金や銀で装飾されていて、ノエルの目はチカチカしてしまう。

「さぁ、お好きなお洋服をお選びくださいませ」

「もしも迷った時には、私たち姉妹がお手伝いさせていただきますわ」

「はぁ……」

それから一時間近くあーでもないこーでもないと、令嬢姉妹が主導権を握った服選びは続いた。

そうして最後は、ノエルの白い肌と青い髪によく映える紫色のジュストコールと、対のキュロット。そして従者がピカピカに磨いた、黒いワンストラップの靴が選ばれた。

「可愛いですわぁ」

「本当に。嘘偽りなく、今のノエル様は美しいですわぁ」

「あ……ありがとうございます」

鏡台の前で長かった前髪を令嬢姉妹に切ってもらうと、青い目がはっきりと見え、ノエルの美麗さに拍車がかかった。

お腹の子もノエルの格好が気に入ったらしく、リズムを刻むようにトクントクンと脈打っている。

「君も、この姿の僕が気に入ったのかい？　赤ちゃん」

優しく話しかけながら腹を撫でると、令嬢姉妹が驚愕《きょうがく》しながらノエルのもとへ駆け寄ってきた。

「ノ……ノエル様、もしかしてご懐妊されているのですか⁉」

「手が早いとは思っていましたが、もうすでにアッシュロード様のお子様が……？」

「いえ！　あの、違うんです！　この子はアッシュロード様の子ではなく……」

「アッシュロード様のお子様ではない!!」

この言葉に、アリッサはショックからふーっと意識を失いかけた。

「アリッサ姉様、しっかりしてください！　きっと何か理由があるはずですわ！」

倒れそうになる姉を支えながらミザリーが叫ぶと、「そうなんです！」と慌ててノエルもアリッサを支えた。

「この子は、赤竜の子どもなんです！」

「赤竜様の子ども!?」

ますます訳がわからないと、青い顔をした令嬢姉妹に、ノエルは昨夜からのことをすべて話した。

「――そうだったんですか。親友だった赤竜様に卵を託されたのですね」

「それはまた、大変でしたわね……」

落ち着きを取り戻した令嬢姉妹に、ノエルは頷きながら笑顔で答えた。

「でも、大丈夫だと思います。不安はいっぱいあるけれど……でも、きっとこの子は元気に生まれてきてくれる気がするんです。だって赤竜の女王様の赤ちゃんなんだから」

「えぇ、きっとそうに違いありませんわ！　私たちもできるだけ、赤竜様のお子様に悪影響が出ないように気を配りますわね」

「なんだかワクワクしてきましたわ！　アリッサ姉様。ひと月後には赤竜のお子様にお会いすることができるんですのよ？」

「本当に、なんと喜ばしい！」

令嬢姉妹がノエルに微笑むと、お腹の中の子がまた脈動を始めた。

「あ！　動いた！」

「本当ですか？　あの……お腹を触ってもよろしいでしょうか？」

ミザリーが少し興奮気味に訊ねてきたので、ノエルは彼女の白い手をそっと腹に当てた。

「本当ですわ！　元気にトクトクと動いてらっしゃいますわ！」

「まぁ、私も触ってよろしいでしょうか？」

「はい、どうぞ」

「すごいですわ！　ノエル様のお腹の中に新しい命があるなんて！」

しばらく令嬢姉妹とキャアキャア言い合いながら、ノエルは赤竜の……ファルタの子どもが、彼女たちに歓迎されていることが素直に嬉しかった。

そうこうしていると従者がひとり現れて、「お夕食の準備が整いました」と伝えてくれた。

　この言葉に、ノエルのお腹がぐ～っと鳴る。

「そうだ……僕、昨日のお昼から何も食べてなくて」

　思い出して照れたように笑うと、令嬢姉妹は驚いた顔で衣裳部屋からノエルを連れ出した。

「お食事をとっていらっしゃらないなんて、いけませんわ！」

「そうですわ！　そうですわ！　お腹のお子様にも栄養を与えなければなりませんわ！」

　令嬢姉妹は口を揃《そろ》えて言うと、まだ王城内に詳しくないノエルを、食事処の庭へと案内してくれたのだった。


「あの……」

　不思議で堪《たま》らないことを、ノエルはアリッサに訊ねた。

「はい、なんでございましょう？」

「僕のお世話をしてくださる、アリッサさんとミザリーさんが、一緒にいてくださる理由はわかるんですが……」

「はい」

ノエルは後ろを振り返ると、ざっと侍女の人数を数えた。

「僕たちの後ろに、どうして何十人もの侍女の方がついてくるんでしょうか？」

二十人近くいる侍女は皆、綺麗なドレスを身に纏って、髪を美しく結い、化粧を施して、澄まし顔でノエルたちのあとを歩いていた。

「あら、これは当然のことですわ。侍女の多さはその方の身分の高さを象徴しております。王子様のお妃様候補でしたら、最低限これぐらいの侍女を引き連れて歩かないと」

「そういうものなんですか？」

「ここにいる侍女は皆、ノエル様の命令を第一に聞くように教育されています。もちろん身の回りのことも、すべてこなせるように教えてあります。赤竜様のお子様のことも伝令済みです。なので、もし私たち姉妹がノエル様のお側《そば》にいなくても、この者たちがお手伝いいたしますので、ご安心を」

「はぁ……」

ノエルだって、これまで身の回りのことは自分ひとりでやってきた。

料理や洗濯、家の掃除はシーナがやってくれていたので苦手だけれど、それでも風呂に入ったり、着替えたりすることはひとりでできる。

しかし、ミザリーの話によると、ノエルの後ろに常に控えている侍女たちは、全員爵位を持った家の娘たちで、花嫁修業として、王城内でノエルの侍女として仕えているらしい。

だから結婚適齢期になるとお見合いをして結婚をし、王城を出ていくので、人の入れ替わりも結構あるそうだ。

「世の中には、いろんな『お仕事』があるんですね」

彼女たちの花嫁修業を『お仕事』と言ったノエルに、ミザリーが微笑んだ。

「そうですわね。ですからぜひとも、彼女たちにもお仕事を与えてくださいね。ノエル様」

「はい」

「お仕事といっても、ノエル様の身の回りのことから、お茶の時間のおしゃべりまで、彼女たちはなんでもできますので、可愛がってやってくださいませ」

「わかりました」

とは言ったものの、まずはこの二十人近くいる侍女たちの名前を覚えることから始めないと……と、ノエルは腕を組んでうーん……と悩み込んだ。

すると大きな一枚ガラスと、金の縁でできた両開きの扉の前まで連れてこられた。

「さぁ、着きましたわよ」

考え込んでいたノエルが、アリッサの言葉に顔を上げると、ふわっと風が入り込んできた。

そうして開けられたガラスの扉の先には、幻想的な世界が広がっていた。

「わぁ……」

日の暮れかかった空には月が浮かび、西の空は茜《あかね》色から紺色へと、美しいグラデーションを作っていた。

小さな噴水の前に、向かい合いようにしてテーブルがセッティングされ、その周りには火が灯《とも》されたランタンが飾られている。

ふんわりとした優しい光が、日の落ちかけた美しい庭に、夢のような空間を作り出していた。

従者に椅子を引かれて、慣れない仕種で腰かけると、しばらくしてアッシュロードが現れた。

その頃にはすっかり日も落ちて、ランタンの光に照らし出された彼は、精霊たちよりも美しいのではないか、とノエルは思った。

「待たせて悪かったな。父上に代わって、少し仕事をしていた」

「いいえ。とても素敵なお庭で、見ているだけで飽きませんでした。それにどんどん変わっていく空の色にも心を奪われて……王都の空も、精霊の国の空も変わらないんだなぁって」

ただ……と言葉を続けると、向かいに腰を下ろしたアッシュロードが言葉の先を促した。

「もう、以前とは違う空なんだなって思いました。あの雲の向こうの竜の国には、今は赤竜と黒竜のどちらが住んでいるのでしょうか？」

「ノエル……」

複雑な思いを表すように眉を下げたアッシュロードに、ノエルはハッと顔を上げた。

「すみません。せっかく素敵なお夕食に誘っていただいたのに、暗い話をしてしまって」

「とんでもない。俺もそれは危惧《きぐ》していた。黒竜は良い噂がないらしいからな」

話す二人の前に、淡いピンクの飲み物が運ばれてきて、ノエルはそれを興味津々に手に取った。

「本来なら食前の発泡酒をご用意するところなのですが、ノエル様のお腹の中には赤竜様の大事なお子様がいると聞きましたので。今日は木苺《きいちご》のジュースを炭酸水で割ったものをご用意させていただきました」

白い服に、白くて長い帽子を被った恰幅《かっぷく》のよい中年男性が現れて、にこやかに説明をしてくれた。

（この方は誰だろう？）

そう思って見つめていると、アッシュロードが笑顔で口を開いた。

「彼は王城の総料理長だ。ノエルの腹の子は、俺の子も同然。身重なノエルに酒を飲ませるわけにはいかないからな。夕食のメニューを少し変更させた」

「えっ？　もう総料理長さんもご存じなんですか？　僕のお腹の中に赤竜の赤ちゃんがいること……」

「はい。先ほどアリッサ様から伝令が来まして。ノエル様は身重なので、身体に優しくて栄養のある、美味しいお料理をお出しするようにと言われました」

「すごい速さで、この王城は情報が行き渡るんですね」

ノエルが驚いていると、アッシュロードが大きく頷いた。

「当然のことだ。情報を制する者はこの国を制する。ノエルのことは逐一俺に伝えるよう、侍女たちには言ってあるからな。もしかしたら、将来夫婦になるかもしれないんだ。大事な妻のことはなんでも知っておきたいし、必要な情報は皆で共有しなくてはな」

「あの……その、『妻』というお話なんですが。僕は男性だし、精霊だし……これまで人間界のお妃様に男性の精霊がなったなんて、聞いたことがないんですが……」

前例がないことは、人間だって精霊だって怖い。

本気でアッシュロードは、自分を妻にするつもりなのだろうか？　と、ノエルは上目遣いに訊ねた。

「それは精霊だということを国民に伝えていないだけで、歴史上、精霊が妃になった例はある」

「そうなんですか？」

驚きに目を見張ると、アッシュロードは鷹揚《おうよう》に頷いた。

「それに精霊は、男と交われば男女関係なく子が産めるのだろう？　だったら世継ぎの心配もない。ノエルは立派な俺のお妃候補だ」

ノエルのグラスに、自分のグラスを当てて綺麗な音を響かせたアッシュロードは、ピンク色の木苺ジュースを一口飲んだ。

その軽やかで慣れた仕種に見惚《みと》れていたノエルだったが、我に返ると慌てて思っていることを口にした。

「あの、でも待ってください！　僕にだって感情はあります。助けてもらった上に、精霊の鈴を探すのを手伝ってくださるのは、とてもありがたいのですが……アッシュロード様のお妃様になるのは……」

「もしかして、嫌だというのか⁉」

すっかりノエルを娶《めと》るつもりだったアッシュロードは、この言葉に驚いたのだろう。身を乗り出してノエルを見つめた。

「いや、その……嫌というか……まだ全然、アッシュロード様のことを知らないので。好きも嫌いもなくて……」

「確かにそうだな」

木苺ジュースを飲み干したアッシュロードは、視線を泳がすノエルの言葉に、関心を示した。

「まずは、俺に興味を持ってもらわないと」

「そう……ですね」

言いながら、ノエルはもう十分、アッシュロードのことが気になっていると感じていた。

だって、彼はこの国の王子だ。

次期国王となる尊き人物なのだ。

そして精霊の如き美しく、自分を抱えてぬかるんだ道をすいすいと歩くほどの運動神経も持ち合わせている。

（ランタンに照らされたアッシュロード様も、かっこいいな……）

そうノエルに思わせるぐらい、彼には興味津々だった。

もとから好奇心旺盛な性格も、要因としてあるのかもしれない。

これまで良い精霊に囲まれて幸せに育ってきたので、他人を恐れず、疑わないというノエルの性格もあるのかもしれない。

（でも、アッシュロード様は良い王子様だ。だって僕のことを助けてくれたんだもの）

その上、赤竜の女王であったファルタも、アッシュロードについては好意的だった。

「『そなたを俺に惚れさせる』と宣言したが、もう一度言う。絶対に俺に惚れさせる。その努力は惜しまないぞ。そなたは俺の妃となる人物だ」

「でも、アッシュロード様が褒めてくださる青い髪は、人と交わり、結婚すると色が変わってしまうといいます。それでも愛してくださるのですか？」

「確かにそれは惜しいが、どんな髪色をしていてもノエルはノエルだ。想いは変わらん」

「もし僕がものすごく意地悪で、傲慢《ごうまん》で、怠惰で何もしない精霊だったら？　それでも好きだと言ってくれますか？」

「そなたに悪きところがあったとするならば、俺が注意して直してやる。だから安心しろ」

「どうして、そんなに僕のことが好きなんですか？」

グラスをテーブルに置き、不思議だと言わんばかりに首を傾げて問うと、アッシュロードは嬉しそうに笑みを浮かべた。

「昔、亡くなった母上が言っていた。『恋に落ちるのは一瞬よ。運命を感じる人がいたら、その人があなたの将来の伴侶《はんりょ》』と」

「将来の……伴侶……」

噛み締めるようにノエルが口にすると、鮮魚を使った美味しそうな前菜が運ばれてきた。

「早い話が、俺の一目惚れだ。ノエルが俺の人となりを知らないのと同じように、俺もノエルが好きだが、まだ詳しくは人となりを知らない。だから結婚を前提に、ゆっくりとお互いを知っていかないか？」

テーブルの上で手を組み、アッシュロードは穏やかな笑みを浮かべながらも、真剣な眼差しを向けてきた。

「わかりました。でも期限を設けてもいいですか？」

「期限？」

「僕が精霊の鈴を見つけるまでの間――その間に、お互いを将来の伴侶だと思うことができたら、結婚するって」

しばらくアッシュロードは考えているふうだったが、「わかった」と言って、顔を上げた。

「いいだろう。精霊の鈴を見つけるまでの間……だな？」

「はい、ありがとうございます」

真面目《まじめ》な顔で頷いたアッシュロードは、次の瞬間には笑顔になっていた。

「さぁ、とにかく料理を食べよう。うちのシェフの料理は最高に美味《うま》いんだ。国賓をもてなすほどの腕前だからな。きっとノエルも気に入ってくれると思うぞ」

「そうなんですか？　僕、ずーっとお腹が空いていて」

真摯《しんし》なアッシュロードの態度に、やっと笑顔を浮かべることができたノエルは、ナイフとフォークを手に取ると、鮮魚のカルパッチョを口に運んだ。

「うわぁ！　すっごく美味しい！　お魚はいつも焼いたり煮たりして食べてたから……生で食べても、こんなに美味しいんですね！」

「精霊界でも魚は食べるのか？」

「はい。よく食べます。あとは野菜も自分の畑で育てたりして」

「肉はどうだ？　牛の肉を焼いたものは最高に美味いし、元気が出るからな」

「えっ！　牛を食べちゃうんですか⁉」

「精霊界では食べないのか？」

「食べません！　牛は大事な仲間です。だから食べたりなんかしません！」

「鶏は？」

「鶏も大事な卵を産んでくれる仲間です。だから食べません」

「鳩《はと》も？　兎《うさぎ》も？」

「人間は、鳩も兎も食べちゃうんですか⁉」

信じられない！　という驚きを隠そうともせず、感情を素直に表すノエルを、アッシュロードは愉快そうに眺めていた。

「それじゃあ、今夜食べてみるといい。メインデッシュは牛の肉を使ったローストビーフだからな」

「ローストビーフ……ってなんですか？」

「ローストビーフというものはな……」

首を傾げたノエルに、アッシュロードは丁寧に教えてくれた。

彼と話をしてみると、博識なアッシュロードはいろいろなことをノエルに教えてくれて、会話のネタには事欠かなかった。

しかも面白いと思うこともよく似ていて、一緒にたくさん笑った。

許せないと思うことも同じで、二人で深く共感することもできた。

人生初の牛肉はとても美味しくて、ノエルは牛に申し訳ない……と思いつつも、ローストビーフを平らげてしまった。

お腹の子も肉を美味いと思ったのか、ローストビーフを食べた時に、またリズムを刻むようにトクントクンと脈打った。

それがなんだか嬉しくて、ノエルはこの子のためにもちゃんと食事をして、栄養をとらなければ……と再び心に決めた。

最後に香り高いハーブティーが運ばれてきたが、二人の会話は止まることなく、月が南の空の真上に来るまで、ノエルの寝室に場所を替えて話し込んだのだった。

第三章　魔窟《まくつ》と父王

「これは立派なガーネットだな。どこで手に入れたんだ？」

ファルタからもらったひし形のガーネットの鱗を、男は単眼鏡で精査していた。

「先日、赤竜の女王の亡骸《なきがら》に遭遇してな。その時そばに倒れていた彼が握っていたんだ」

「あの、初めまして。ノエルと申します。よろしくお願いいたします」

お辞儀したノエルに、作業部屋に置かれた椅子に座っていた厳つい男が、表情を変えることなく口を開いた。

「俺の名前はグレーズド・メイデン。階下の居酒屋の店主だ。よろしく」

「その上、趣味で宝石の加工もしていてな。腕は相当いい。だからそのひし形のガーネットを、形を変えることなくペンダントにしてほしいんだ。ノエルが肌身離さず持っていられるようにな」

無表情だと思っていた厳つい髭面のグレーズドは、口角を上げてにやりと笑った。

「高くつくぞ？」

「いくらかかっても構わん。俺を誰だと思っている？」

「高い税金を国民から巻き上げ、のうのうと暮らしている王子様だろう？」

「その通り」

ノエルにはアッシュロードへの嫌味にしか聞こえなかったが、二人はなぜか声を上げて笑っていた。

「すまないが、三日間だけこのガーネットを預からせてくれないか？」

鱗を眺めながら、グレーズドは興味深げな口調で言った。

「わかった。それでもいいか？　ノエル」

アッシュロードに訊ねられ、ノエルはごくんと唾《つば》を飲み込みながら頷いた。

大事なファルタ（の魂）を、三日間も人に預けるなんて不安しかなかったが、アッシュロードが互いに笑い合うほど信頼している人物だ。きっと酷いことはしないだろう。

そう思って、ノエルはもう一度グレーズドに頭を下げた。

「とってもとっても大事な鱗なんです。どうか大切に扱ってください。よろしくお願いいたします」

「わかっている。決して鱗に傷はつけない。命にかけて約束する」

「ありがとうございます！」

真摯な彼の言葉を信じて、ノエルは不安をぐっと抑え込むと、「お母さんがいないよ？」とでも言いたげに脈打つ腹の子と、三日間おとなしく王城で我慢した。

そして、念願の鱗を引き取りに行く日。

アッシュロードはお忍びで街へ出るので、平民の格好をし、同じく平民の服装をした陸軍隊隊長のアーサーと兵士を数名連れて、グレーズドの店へ向かった。

ノエルの青い髪は目立つからと、目深に羽根つきの帽子……エグレットを被りながら。

「――できたぞ」

まだ下の居酒屋が、開店する前の時間。

二階の工房を訪ねると、グレーズドが鱗を手に待っていてくれた。

「うわぁ！　すっごく素敵です！」

彼が加工してくれたファルタの鱗は、美しいペンダントへと変身していた。

ひし形はそのままに周囲を金細工で縁取られ、同じく金色のチェーンが繋《つな》がれたそれは、薄汚れていた鱗部分が綺麗に磨かれていて、実に高級な宝飾品のように見えた。

「きっとファルタも……この鱗の持ち主だった赤竜の女王様も喜んでいます！」

「そうか。それはよかった」

グレーズドの口元に小さな笑みが浮かび、ノエルはそれに応《こた》えるように頭を下げてから顔を上げると、満面の笑みを浮かべた。

ペンダントは、長さも大きさもノエルにぴったりだった。

「ノエル。そのペンダントはいつも服の中に隠すように下げておけ。じゃないと物騒な輩《やから》に、狙われるかもしれないからな」

「わかりました」

アッシュロードから指摘を受けて、ノエルは慌ててペンダントを襟元から服の中へとしまった。

しかしアッシュロードの指摘は、ノエルが聞いていた王都とは少し違う気がした。

「あの、アッシュロード様。グレーズドさん」

「なんだ？」

顎《あご》に手を当て考え込んだノエルを、二人は振り返った。

「王都って、宝飾品を身に着けて歩いているだけで、悪い人に目をつけられるほど物騒な街なんですか？　ばば様……その精霊の国の長からは、王都はとても安全な街だと聞きました。国王様がとても良い方なので、国民も皆平和に、豊かに暮らしていると……」

「それは十年以上前の話だ」

どこか苦しそうに眉を顰めながら、アッシュロードは静かな声で言った。

その表情は悲痛以外の何物でもなく、今にも泣き出すのではないかと、ノエルは咄嗟《とっさ》に謝ってしまった。

「ご、ごめんなさい！　アッシュロード様。僕が変なことを訊《き》いたから……だから泣かないでください」

この言葉にハッとしたのか、アッシュロードは「違うんだ」と首を横に振って、無理やり笑みを見せてくれた。

「精霊の長が話していた、治安も良くて、皆が腹いっぱい食事ができるほど豊かだった王都は……もう十年以上前に崩壊してしまったんだ」

「崩壊？」

訊き返しても、それ以上言葉を続けようとしないアッシュロードに代わって、グレーズドが口を開いた。

「確かに、十年前の王都は平和で豊かで安全な街だった。それは今の国王が、『良き国王』として、善政を敷いていたからだ」

「それじゃあ、今は国王様が善政を敷いていないから、この街は平和でも、豊かでも、安全でもない街になってしまったんですか？」

「そうだよ、ノエル。我が父王は今、毎日酒に溺《おぼ》れて享楽を好み、政治を放棄した悪《あ》しき王だ」

口角を上げ、自嘲《じちょう》的な笑みを浮かべたアッシュロードは、それ以上何も語ることなく、マントを羽織り、美しい金髪を隠すようにエグレットを被った。

「グレーズド、今回はありがとう。また頼むよ」

「あぁ、お二人さんも気をつけて王城まで帰れよ」

これから店を開けるというグレーズドに見送られ、部屋の外で待機していたアーサーたちと合流し、ノエルとアッシュロードは王城まで戻った。

その道中。ノエルは、そういえば……と思った。

(王都に来て一週間近く経つけれど、まだ国王様にご挨拶《あいさつ》してないな)

これといってアッシュロードが何も言わないし、行動もしないので、ここまで来てしまったけれど、本来なら国王に一度は謁見して、挨拶しておいた方がいいのではないか？と思った。

なぜなら、仮とはいえ王城に妃候補として住まわせてもらっているのだから。

それに現国王ならば、精霊の鈴について、何か情報をもたらしてくれるかもしれない。

ファルタが、昔国王にあげた……と言うので詳しく彼女にも訊いてもみたのだが、いつの時代の王にあげたのか忘れてしまったそうだ。

『何せ自分の歳も忘れてしまったものだから。あれがいつの時代だったか……』

そう口にする彼女が、首を捻《ひね》っている様子がまざまざと目に浮かんだ。

そこでノエルは、国王への挨拶も兼ねて、直接精霊の鈴の在処《ありか》を訊ねようと思ったのだ。

(国王様なら、きっと何か情報をお持ちのはず。だって、赤竜の女王様からもらった、大事な精霊の鈴だもの！)

「あの、アッシュロード様……」

「なんだ？」

横を歩く長身の彼を見上げ、ノエルはほんの少し……いや、かなりドキドキしながら口を開いた。さっきの話から、彼と国王の間には確執めいたものを感じたからだ。

「僕は、王城で暮らすようになって一週間近く経ちますが、国王様にご挨拶をしていません。それに国王様にお会いすれば、精霊の鈴について何か情報が得られるかも」

ノエルはアッシュロードが「会わなくていい」と言えば、国王に謁見するのはよそうと思っていた。そして国王から情報を得ることを諦めようとも思っていた。

それほどまでに、先ほどのアッシュロードの様子は冷たく見えたのだ。

しかし彼は、皮肉めいた笑みを覗かせると、「見てみるか？」と言った。

「えっ？」

「だから、今の我が父王の姿を見ておくか？　いや、一度見ておいた方がいいかもしれないな。ノエルに隠し事はしたくない」

「？」

『謁見』という言葉も『挨拶』という言葉も使わず、「見てみるか？」などと、自分の父親を蔑《さげす》むように言ったアッシュロードに、ノエルは違和感を持った。

しかし、隠し事はしたくないという彼の気持ちを、ノエルは尊重するとともに、ありがたく思った。これで精霊の鈴に、一歩近づけるかもしれないからだ。

「はい、ぜひ！」

エグレットを押さえながら頷いたノエルの様子を、アーサーと兵士たちが、複雑な表情で見ていることにも気づかずに。


「はい！　これでばっちりですわ！」

衣裳部屋でアリッサに髪形を整えてもらい、ミザリーにクラバットをつけてもらったノエルは、それはそれは品の良い青年に見えた。

どこぞの公爵家の御子息といった雰囲気を纏い、これまで着慣れなかったジュストコールやキュロット。そして白いストッキングと黒い革靴にも、やっと身体が馴染《なじ》んだ感じがした。

王城へやってきて十日。

国王がノエルに会ってもいいと言ったので、急遽準備がなされた。

ノエルの緊張は頂点を迎えていた。

いくら人懐こい性格をしていても、やはり国王に謁見するのは特別なことだ。

さっきから胸のドキドキが止まらず、手には冷たい汗をかいている。

それを察した腹の子は、「ノエル、大丈夫だよ！」と言わんばかりに、とくんとくんと脈動し、応援をしてくれているようだった。

「うん！　僕、頑張ってくるからね！」

腹の子にそう言うと、「おっしゃ！　頑張れ～！」と一際大きく脈動し、それからおとなしくなった。

「お腹のお子様にも、ノエル様の緊張が伝わったみたいですわね」

腹に話しかけていたノエルの様子に、アリッサが微笑んだ。

「……やっぱり僕、そんなに緊張しているように見えますか？」

「正直申しますと、とっても緊張していらっしゃるように見えますわ。ほら、整った眉の間に皺《しわ》がくっきりと」

ミザリーに笑われて、ノエルは慌てて眉間《みけん》のあたりを擦った。

「そんなに緊張なさらなくても大丈夫ですわ。国王様は色の白い、藤色の瞳の美女にしか興味がないんですのよ。しかも金髪の」

アリッサの言葉に、ノエルは瞬きを繰り返す。

「それは、ずいぶんと具体的な容姿の特徴ですね。どうして国王様は……」

そこまで訊きかけた時、衣裳部屋の扉がノックされてアッシュロードが現れた。

「準備はできたか？　わが愛しき妻よ」

「ですから僕は、まだアッシュロード様の妻ではありません」

そう、精霊の鈴が見つかるまでにアッシュロードに惚れなければ、自分は精霊の国に帰れるのだ。

今、アッシュロードのことを愛しているか？　と訊かれれば、「好きでも嫌いでもないかな？」と素直に答えるだろう。

毎日のように愛を囁かれるのはやぶさかではないが、まだ彼のことを知らなすぎる。

昼間は国王に代わり外交をこなし、夜も外出の多い彼とはゆっくり話ができない。

（せめて寝室が一緒なら、互いを知り合う時間ができるのかな？）

平然とそんなことを考えてしまって、ノエルはボッと顔が赤くなった。

（寝室が一緒だなんて、僕はなんて破廉恥なことをっ！）

純情で純粋な精霊のノエルであっても、子の成し方はわかる。

そしてその行為は恥じらいを持って、慎み深く行わなければいけないということも。

そんなことを考えていると、アッシュロードは徐《おもむろ》にノエルの白い手を取り、なんの躊躇《ためら》いもなく手の甲にキスをした。

これに、心臓がズキュンと音を立てた気がしたけれど、ノエルは真っ赤になった顔を隠すように、ぱっとその手を引っ込めた。

少しそっけなかったかな、と思うほどの速さで。

けれどもアッシュロードは気にしたふうでもなく、ノエルの腰を抱き寄せると、白い頬に音を立ててキスをする。

この行為に、ノエルの顔からはボッと火が出た。

「それじゃあ、父王の部屋へ行ってくる」

ノエルを腕の中に収め、ご満悦そうなアッシュロードは令嬢姉妹を振り返った。

「ご令嬢姉妹は身の安全のため、お茶でも飲みながら王城内で待機していてくれ」

「「かしこまりました」」

声を揃えて膝を折った令嬢姉妹に、ノエルの「？」は増えていく。

そうしてやっと腕の中から解放されると、大きくて温かい手で右手を握られた。

「ノエルも俺の手を握るんだ。身の安全のため、良いと言うまで離してはいけないぞ」

「は、はい！」

微笑まれて、ノエルはまだ熱の引かない顔でこくこくと頷いた。

二人で衣裳部屋を出ると、そこには軍服姿のアーサーが控えていた。

「それじゃあ、行こうか。魔窟と化した後宮へ」

普段は柔和な表情も見せるアーサーだが、今日は特に厳しい顔をしていた。

「かしこまりました。アッシュロード様」

「アーサーさんも、国王様にご挨拶に行くのですか？」

「いいえ、挨拶ではありません」

素直な疑問をぶつけると、アーサーは首を横に振った。

それと同時に、アッシュロードの手に力がこもり、皮肉めいたあの笑みを浮かべる。

「そうだ。俺が父王を切り殺そうとした時は、アーサーが止めてくれることになっている」

「こ、国王様を……切り、殺す……？」

ノエルはますます意味がわからなくなって、ただアッシュロードに手を引かれながら、長い廊下を歩いた。

城に来て、もう十日も経つ。

好奇心旺盛なノエルが、部屋の中でじっとしていられるわけもなく、令嬢姉妹にお願いして、広い王城内を案内してもらっていた。

すべてデザインが違う何百という客室や、豪華で貴重な宝物室。

精緻なステンドグラスと、バラ窓が美しい礼拝堂。

吹き抜けの天井まで備えつけられた、書架が立派な図書室。

パイプオルガンが素晴らしい音楽堂に、華やかなダンスホールや宴会場の数々。

珍しいガラス張りの温室や、念願だった畑や農場など。

ノエルは、王城のほとんどの部屋や場所を見て回った。

これももちろん、精霊の鈴を探す一環である。

しかし、決して近づいてはいけないと、アッシュロードにきつく言われていた場所があった。

それが王城の裏側に建てられた、瀟洒《しょうしゃ》な白壁の城だ。

王城からは、渡り廊下で行けるようになっているのだが、その廊下の前には儀仗兵《ぎじょうへい》が立っていて、よほどのことがない限り通してはくれなさそうだった。

だからノエルは、この先がどこへ繋がっているのか知らなかったし、令嬢姉妹に訊ねても、「国王様のプライベートな場所ですわ」と曖昧に微笑まれて終わってしまった。

しかし今、その渡り廊下の前にアッシュロードとアーサーと一緒に立っている。

そして立っただけで、あんなにも頑《かたく》なに扉を守っていた儀仗兵が、すんなりと三人を通してくれたのだ。

このことにノエルは素直に驚いたし、開けられた扉の先にあった壁画の美しさに、感嘆の息が漏れた。

「なんて綺麗な壁画なんだろう……！　まるで精霊の国をそのまま描き出したようです！」

ノエルの言葉に、これまで険しかったアッシュロードの表情が少しだけ緩んだ。

「ここは、王城の後宮だ。父王には我が母以外にも多くの妾《めかけ》がいたんだがな。子を成したのは、母上とだけだった。それだけで、母上が父王にどれだけ愛されていたのかわかる」

「そうですね」

きっとアッシュロードは、自分の母親が大好きだったのだろう。どこか誇らしげな表情の彼を見て、ノエルはそう感じた。

けれども美しかった城の様子は、進むにつれて様子がおかしくなってきた。

どこが？　と訊かれても的確には答えられないのだが、空気が淀《よど》み出し、陽の光が差しているにもかかわらずどこか薄暗い。

しかも特徴的な甘ったるい香りが、鼻腔《びこう》を刺すように刺激してきた。

「なんだか……嫌な甘い香りがする……」

「ノエルは鼻がいいんだな。もう父王が愛飲する阿片《あへん》の香りを嗅ぎ取ったのか？」

「阿片？」

それがなんなのか？　ノエルもなんとなく知っていた。

（確か、身体に良くないものだ。前にばば様がそう言ってた気がする）

それぞれの部屋にも人がいる気配はするのに、まるで息を潜めたようにこちらの様子を窺《うかが》っていた。

壁や扉を通して感じられる視線は、怯《おび》えにも似た空気を孕《はら》んでいる。

その気配に恐ろしいものを感じて、ノエルはアッシュロードの手を強く握った。すると
ノエルの心の内を察したように、静かな彼の声が響く。

「安心しろ。この魔窟で俺に手出しできるのは父王のみだ。部屋の中には囚《とら》われた哀れな

者しかいない。金髪で色白で……藤色の瞳をした女性ばかりがな」

「女性……ばかり？」

ミザリーが口にしていた特徴と同じことを言ったアッシュロードに、ノエルは不気味さを感じた。

（どうして金髪で、色白で藤色の瞳の女性ばかりがここにはいるんだろう……？）

「着いたぞ」

この疑問に答えをもたらすかのように、アッシュロードが金色の扉の前で足を止めた。

「ここに国王様がいらっしゃるんですね」

ノエルはごくりと唾を飲み込むと、再びアッシュロードの手を強く握った。

今、ノエルは緊張以外にも恐怖を感じている。

そして知らずと腹に手を当て、何かあった時は精霊の鈴の情報を得るよりも、逃げ出すことを先に考えようと思っていた。腹の子のために。

扉の前にはやはり儀仗兵がいて、「父王に会いに来た」と無感情にアッシュロードが言うと、なんの抵抗もなく黄金の扉は開けられた。

「うっ……」

カーテンが閉められた薄暗い部屋からは阿片の香りが溢れ出し、敏感なノエルの鼻腔を直撃した。

明るい廊下から突然薄暗い部屋へ入ったので、よく見えなくて目を凝らすと、そこには息を呑む光景が広がっていた。

決して残忍な光景ではなかったが、その異様さにノエルは眉を顰めた。

天蓋《てんがい》付きの大きなローベッドには、髭を蓄えた男性が女性に膝枕されて横になっていた。精悍《せいかん》な顔つきをした男性はアッシュロードによく似ていたので、彼が国王だとノエルにもすぐにわかった。

しかし阿片を吸っているせいか焦点は定まっておらず、ぼんやりとした彼の視線は、ノエルたちが部屋に入っても向けられなかった。

そして広い広い寝室には、目のやり場に困るほどの薄衣を纏った女性たちが何十人といて、その姿形が異様だったのだ。

みな髪の色は金色。そして瞳の色は藤色で、肌は抜けるように白い美女ばかりだったのだ。

金髪に、藤色の瞳を持った女性がこの国にどれぐらいいるのか、ノエルにはよくわからなかったが、きっと国内にいるこの特徴の美女のほとんどが、後宮に閉じ込められている気がした。

「俺の亡き母上は、金髪で藤色の瞳をした、それは美しい女性だった」

「えっ……？」

「父王はな、未《いま》だに亡き母上の亡霊に取りつかれていて、国中にいる『金髪・藤色の瞳・美女』という条件の女性を、この後宮に捕らえているんだよ。どんなに姿形が似ていても、母上ではないのに」

可哀そうにな……と呟いたアッシュロードの言葉は、彼女たちに向けられたもののはずなのに、ノエルにはなぜか、国王に向けられた言葉に聞こえた。

「父上、ご機嫌はいかがですか？」

アッシュロードが声を張り上げると、数秒して、国王はやっとこちらに顔を向けた。

「……なんだ、アッシュか。つまらん」

国王は気だるげに返事をしたが、隣にいたノエルに気づくと、素早く上半身を起こして、ぐっと身を乗り出してきた。

「お前、面白そうな者を連れているな。それは精霊か？」

「は……はい、ノエルと申します。十日ほど前から王城でお世話になっています。よろしくお願いいたします」

「アッシュ。お前の妃候補が挨拶したいと聞いたから、興味が湧いて会ってやったが、ま

さか精霊を連れてくるとはな！」

国王は狂気染みた妙な笑い方をすると、ローベッドから下りてよろよろとした足取りでこちらへ向かってきた。

するとアッシュロードは当たり前のようにノエルの前へ出て、自分の背後に隠すようにした。

「もっとよく見せろ。なんだ？　お前は人間界に堕《お》ちた隠れ精霊を愛人にしたのか？」

「違います。彼は聖なるブルーローズの精霊です。それに愛人ではなく、お妃候補です」

「そんなことはどうでもいい。邪魔だ、どけ。精霊をもっとよく見せろ」

唸るような国王の声に、ノエルはびくっと身体を跳ねさせると、恐怖からアッシュロードの手を強く握った。するとその手を強く握り返される。

「どきません」

「相変わらずお前は反抗的だな。しかし、ずいぶん美味そうな精霊じゃないか。仕込んだらいい娼夫《しょうふ》になりそうだ。どうだ？　アッシュから儂《わし》に乗り換えないか？　直々に可愛がってやろう。褒美もたんまりやるぞ」

虚《うつ》ろな目に、下卑た笑みを湛《たた》える国王に、アッシュロードは感情を失くしたかのように表情ひとつ変えない。

そして下品な父親の態度にも慣れているのか？　彼は毅然《きぜん》とした態度を崩そうとはしなかった。

「すべてお断りいたします、父上。ところで先日の土砂災害で結界が歪み、ノエルは精霊の国に帰れなくなりました。そのため現在、精霊の鈴を探しています。父上は精霊の鈴をご存じで？」

「……精霊の鈴？」

アッシュロードの圧に負けたのか？　不機嫌そうにローベッドへ戻っていった国王は、膝枕をしていた美女を突然抱き寄せると、苛立ちを鎮めるようにその豊満な胸を揉《も》みしだき出した。嫌がる彼女など気にする様子もなく、人形でも扱うように乱暴に。

「あぁ、あの変哲もない鈴か。赤竜の女王からもらったただのなんだの言い伝えはあったが、儂にとってはなんの価値もなかったからな。くれてやったわ」

「くれてやったって……一体誰にあげたんですか⁉」

この返答にはアッシュロードも驚いたらしく、アイスブルーの瞳を見開いた。

「覚えとらん。市中のローラ川を越えた先にいる、伯爵だか子爵だかの男だ。がめつい奴でな。ここへ来るたびに物をねだるので、面倒臭くなって出禁にしてやったわ」

「出禁の、伯爵か子爵……」

漠然としたノエルの呟きが、阿片の香りが漂う部屋に落ちた。

ともすれば、国王が身に着けてくれているのではないか、とすら思っていたのに。名前も忘れてしまったような男にあげてしまったなんて……。

ノエルは愕然《がくぜん》として、瞬きすら忘れてしまった。

失った、一縷《いちる》の望みとともに——。

＊＊＊

翌日。

「それってたぶん、フォードランド侯爵のことだわ」

大事な精霊の鈴を、他者に与えてしまったという国王の話に打ちひしがれていると、お腹の子の往診に訪れた、女医のサーヤ・ロベルトがさらりと口にした。

「えっ⁉　サーヤさんは、出禁になった侯爵さんをご存じなんですか！」

「こういう仕事してるとね、自然といろんな話が入ってくるのよ～」

元王妃付きの剣士で、今は開業医として働いている彼女は、アッシュロードの良き友人だと聞いている。よってノエルの腹の子の往診を終えたあと、こうして一緒に部屋でお茶を飲んでいた。

（グレーズドさんやアーサーさんみたいに、アッシュロード様には良い友達が多いんだなぁ……）

まだまだ知らないところが多いけれど、ノエルは少しずつアッシュロードの人となりがわかってきた。

アッシュロード・サイオン・アリスタリアは、この国の次期国王となる者で、亡き母親を大切に思っている、心優しい男だ。

いつもノエルを守るように繋いでくれる手には剣だこができているので、きっと日々の鍛錬も怠っていないのだろう。

運動神経は抜群で、自分の直感で生きているところがある。そうでなければ一目惚れした……という理由だけで、世界を分かつ精霊を妃候補などにしないだろう。

しかも堕落した国王に代わり、一任されているらしい外交関係や一部の政務を日々こなし、夜もなぜか姿を見かけないことから、夜もきっと忙しいのだろうとノエルは推察していた。

それでも時々、時間ができると部屋へ彼がやってきて、二人で話すこともあった。

その時間の中で、ノエルはアッシュロードの真面目で紳士的な態度――ノエルの気持ちが固まるまで、決して手は出さない――に好感を持ち、博識でウィットに富んだ会話をしてくれるこの時間を、心待ちにするようになっていた。

(今のところ、アッシュロード様に関して知っていることはこれぐらいかな?)

しかし、探していた精霊の鈴の在処をサーヤに教えてもらい、ノエルは今、少し……いや、かなり興奮気味だった。

「これで、精霊の国に帰れるかもしれない!」

「あら、赤竜の赤ん坊を私に取り上げさせてはくれないの?」

赤い髪をかき上げながら微笑んだサーヤに、ノエルは腕を組んで悩む。

「そうなんですよね……お腹の赤ちゃんを産んで育てるなら、精霊の国より、王城の方が安全だとアッシュロード様にも言われて……」

「私もそう思うわ。最近、黒竜たちがこの国を乗っ取ったせいで天候も悪いし、エーテルのバランスも崩れている気もするし。赤竜の女王の子どもが産まれたと知れたら、黒竜たちが精霊の国を襲いに来るかもしれないわよ」

「うーん……」

結界が壊れている今、早く精霊の鈴を返してもらって、国に帰り、結界を正常化させなければならない。

精霊の国にも結界は張ってあるので、黒竜が侵入してくることはそうそうないと思うが、万が一にも襲ってきた時は、精霊の皆に迷惑をかける可能性がある。

精霊は長生きだが、人間ほど丈夫な身体をしていない。

しかも皆が平和主義で、譲り合う性格をしているので、揉め事も少ない。

故に戦うことにも、慣れていないのだ。

そのことを知っての上か、サーヤが言葉を続けた。

「精霊の国同様、結界が張られている王城なら黒竜も近づけないし。兵士も武器もたくさんあるわ。だから赤ちゃんが生まれてある程度大きくなるまで、ここにいればいいのよ。守ってもらえるわよ？」

「でも僕……精霊の鈴が見つかるまでにアッシュロード様を好きにならなければ、お妃様にならなくてもいいんです。精霊の国に帰れるんです」

「なに？　そんな約束を交わしてるの？　だけど手の早い彼のことだから、もうキスとかはしているんでしょう？」

ノエルよりアッシュロードのことをよく知っているらしいサーヤは、緑色の目を驚きに見張り、身を乗り出した。

その時、キスという言葉が出てきて、ノエルは両頬を染めた。

精霊は性的な行為をとても神聖なものと考えているので、挨拶でもキスをしたりしない。性交も絶対に二人きりになれる場所でしかしないいし、一生性交しない者も多い。

だからアッシュロードの過剰なスキンシップは、いつもノエルの心臓をドキドキさせた。

(昨日も、手の甲と頰にキスをされちゃったしな。でも、唇はまだだなぁ……)

ふっとそんなことを考えたら、急に胸のあたりがもやもやしだして、ノエルは首を捻った。なんだろう？　この感情は……。

「――で、誰が手が早いって？」

そんなノエルの両肩に、温かな両手が添えられて、驚いて椅子から跳ね上がった。

「あなたのことよ。アッシュロード王子様」

ノエルの背後に立っていたアッシュロードは、サーヤの言葉に頰を膨らませていた。

その表情がとても幼く見えて、ノエルはもやもやも忘れて、思わず笑ってしまった。

「こう見えて俺は慎重派なんだよ。どうでもいい奴はどうでもいいが、本命は大切に大事にするんだ。突然ディープキスなんかして嫌われたら困るだろう？」

「あら、意外！　社交界ではプレイボーイで名を馳《は》せているあなたが、そんなことを言うなんて」

「あの、『ディープキス』ってなんですか？」

精霊の国では聞いたことのない単語が王城には多く、ノエルは少し離れた場所に控えていたアリッサに訊ねた。

「ディープキスというのはですね……！」

嬉々《きき》として答えようとしたアリッサの言葉を断ち切るように、アッシュロードが大きく咳払いをした。

「あぁ、俺も喉《のど》が渇いたなぁ！　ウッディー令嬢姉妹、申し訳ないがお茶をくれ。あとスコーンも頼む。腹が減った」

ノエルの隣の椅子に腰を下ろした彼は、視線だけで『余計なことは言うな！』と令嬢姉妹に訴えた。その様子に、笑いを噛み殺す令嬢姉妹や侍女たちに、ノエルはぽかんとしてしまう。

結局ディープキスの意味がわからなかったので、あとで辞書を引こう、と考えていると、腹にそっとアッシュロードの手が当てられた。

「それで、お腹の赤ちゃんは元気だったか？」

問われて彼の顔を見ると、その表情はとても穏やかで優しいものだった。

まるで我が子を愛おしむ父親の顔だ。

「あ、はい。サーヤさんに診ていただいたところ、元気にすくすく育っているようです。

しかも双子かもしれないんです」

「双子⁉　それは誠か？」

「えぇ、心音が二つ聞こえたから間違いないわ。私も赤竜の赤ちゃんを取り上げるのは初めての経験だから、いろんな文献を読んで勉強しているところだけど。絶対母子ともに元気に出産をさせるから、安心してね」

「ありがとうございます」

心強いサーヤの言葉に、ノエルは深々と頭を下げた。

「どうかよろしく頼む。ノエルが産んだ子どもならば、俺の子も同然。この国を背負って立つ赤竜になるかもしれないからな」

「そうなの、そこが問題なのよ！」

ポンッと手を叩くと、サーヤは先ほどノエルと話した、「黒竜に赤ちゃんたちが狙われるのではないか？」という危惧を、アッシュロードにも話した。

するとアッシュロードの表情が急に明るくなり、アイスブルーの瞳を輝かせた。

「それこそ精霊の鈴が見つかるまで……などと言わずに、残りの月日を我が王城で過ごせばいい！　王城には、精霊たちに頼んで結界も張ってある。いざとなれば兵士だって集められるぞ。精霊の国で過ごすより、今はこちらの方が安全だろう？」

「でも、もし精霊の国に帰るまでに僕がアッシュロード様を好きになってしまったら、お妃様にされてしまうのですよね？」

「なんだか引っかかる言い方をするな。まだ俺のことを好きにはなれないか？　それともこの国の王妃になるのが嫌なのか？」

「わかりません。だってその……」

「その？」

ノエルはさっきのキスという言葉が頭から離れなくて、もじもじしてしまう。すると扉がノックされて、サーヤの助手である青年が彼女を呼びに来た。

「サーヤ先生、次の患者さんの往診の時刻です」

「あら、もうそんな時間？　それじゃあ、お二人さん。私は失礼するわね。今日もお茶が美味しかったわ。ありがとう」

往診鞄《かばん》を掴むと手を振って、サーヤは白衣を翻して颯爽《さっそう》と帰っていった。その後ろ姿には、かつて『国内一』と恐れられた剣士の名残がある。

「で、『その』の続きは一体なんなんだ？」

サーヤの姿に見惚れていると、アッシュロードに突然顔を覗き込まれた。

その近さに驚いて、思わず身体を引いてしまう。

「危ない！」

やましいことを考えていたせいか？　椅子から転げ落ちそうになったノエルの身体を、アッシュロードは抱き留めてくれた。

「あ、ありがとうございます……っ」

アッシュロードの胸に深く抱き込まれて、心臓がドキドキと早鐘を打つ。

しかもなかなか離してくれなくて、そのドキドキはどんどん速度を増していった。

「ノエルの髪は本当に美しいな。綺麗な色をしているだけじゃなく、絹糸のように肌触りがいい」

頭に頬を寄せられて、ノエルはもう限界とばかりに彼の腕から逃げ出した。

「どうした？　そんなに俺が嫌いか？」

悲しそうに眉を寄せられ、「違うんです！」とノエルは首を左右に振った。

「じゃあ、なぜ俺から逃げる？」

「だから……その、キスが……」

「キス？」

「アッシュロード様は手が早いらしいのに、僕の唇にはキスしてくれたことないなぁって考えたら……なんか胸のあたりがもやっとして……」

自分でも理解できない気持ちを素直に言葉にすると、アッシュロードは驚いたように瞬きをし、ウッディー令嬢姉妹は身を乗り出して二人を見つめ、侍女たちもなぜかざわつき始めた。

「こんなことを考える僕は、おかしいんでしょうか？」

上目遣いにアッシュロードを見つめると、彼は何も言わずにノエルの顎を掬《すく》い取って、困惑するノエルの唇を甘く奪った。

濃紺色の瞳が見開かれ、令嬢姉妹や侍女たちから「キャー！」と黄色い声が上がる。

ノエルが自分の置かれている状況にやっと気づき、目を瞬《しばたた》かせると、アッシュロードの唇は小さな音を立てて離れていった。

「ずっと、俺にキスをされたかったのか？」

間近で問われ、ノエルは耳まで真っ赤にして俯いた。

「わ、わかりません。だって僕はアッシュロード様のことよく知らないし、本当はもっともっとお話しして、アッシュロード様のこと知りたいなぁって思うこともあったり、寝室が一緒だったら、もっとそばにいられる時間も増えるのかな？　とか、わけわかんないこと考えちゃって。だからよくわからないんです。自分でもどうしていいのか……」

『それは「好き」の始まりよ』

「確かに。それは『好き』の始まりだな」

きっと彼の胸にも響いたのだろう。ファルタの言葉に同調したアッシュロードの口から、同じ言葉が零《こぼ》れるように発せられた。

オーディエンスの令嬢姉妹や侍女たちは、目の前で繰り広げられる二人の展開に頬を上気させ、前のめりになり、固唾《かたず》を呑んで見守っていた。

「『好き』の始まり……なんでしょうか？」

「そうだよ、ノエルは俺のことが好きになりつつあるんだ。いや、もう好きなのかもしれないな」

顎を掴まれて、真っ直ぐ視線がぶつかるように顔を覗き込まれて、彼の美しいアイスブルーの瞳に吸い込まれそうになる。

そして再び唇が近づき、令嬢姉妹たちから黄色い声が上がった時だった。

『アッシュロード様、今日はここでストップ！　ノエル、精霊の鈴に関して大事なお話があるんでしょう？』

ファルタの声が再び二人の心の中に響き、アッシュロードが小さく舌打ちした。

「赤竜の女王よ、なぜ止める」

不機嫌そうなアッシュロードの問いに、ファルタはクスクス笑いながら答えた。

『ノエルはまだ初心《うぶ》なのよ。初めてのキスに、心臓が止まってしまいそうになっているのに、もう一度キスしたら、本当に心臓が止まってしまうわ。それに精霊の鈴について、本当に大事な話があるのよ。ね、ノエル』

「そ……そうなんです！　精霊の鈴の在処がわかったかもしれないんです！」

「誠か!?」

「はい。市街を流れるローラ川を渡った先にお屋敷を構えている、フォードランド侯爵様のお家にあるらしいんです」

話の展開が完全に精霊の鈴に替わると、令嬢姉妹たちからは落胆のため息が落ちた。

しかし周囲などまったく気にせず、アッシュロードは侯爵の名前を聞いた途端、大きく右眉を上げた。

「フォードランド侯爵だと？」

アッシュロードはノエルの顎から手を離し、舌打ちすると、腕を組んで天を仰いだ。

「確かに、父王に疎まれていた男だ。また厄介な男のところに精霊の鈴はあったもんだな」

距離が離れてノエルがホッと胸を撫で下ろしていると、アッシュロードは、「あの家には、番犬が放たれてるんだよなぁ……」とか、「背面はローラ川に面してるから、窓からの侵入は無理なんだよなぁ」などと、侯爵の邸宅を熟知しているかのような口振りで、独り言を言い出した。

「あのー……アッシュロード様。大丈夫ですか？」

そのまま目を閉じて黙り込んだ彼にお伺いを立てると、思い出したようにこちらを振り向いて、どこか上の空で「大丈夫だ」と彼は答えた。

「アッシュロード様は、フォードランド侯爵様のご邸宅をよくご存じなんですね」

微笑むと、想像していたものとはまったく違う答えが返ってきた。

「いや、知らん。あんな男の館など、昼間は一度も行ったことがない」

「一度も行ったことがないのに、なぜ番犬がいるとご存じなんですか？」

素直な疑問をぶつけると、無意識の言葉だったのか、アッシュロードはハッとして、珍しく慌てた表情を見せた。

「いや、あれだっ！　ほ、ほら、サーヤだ！　サーヤから一度話を聞いたことがあるような、ないような!?」

なぜかアワアワし出したアッシュロードが可愛くて吹き出すと、ノエルは笑いながら、なおも落ち着きを見せない彼を見た。

「そうですか。確かにサーヤさんはお医者さんという職業柄、いろんなお宅を訪れてますもんね」

「その通りだ！　……さて、そうとわかれば話は早い。早速フォードランド侯爵家に行ってくる」

席を立ち、踵《きびす》を返したアッシュロードの腕をノエルは慌てて摑んだ。

「どうした？」

引き留められる格好で振り返った彼に、ノエルはすっくと立ち上がる。

「ファルタの話によると、精霊の鈴は一見ただの鈴のようです。でも『特別』らしい僕なら、すぐに本物の鈴かどうか見分けがつくそうです！」

「……ノエルも、フォードランド侯爵家に同行したいと？」

「はい！」

瞳を輝かせるノエルに、アッシュロードは明らかに難色を示した。

「……同行しては、だめですか？」

不安から問いかけると、アッシュロードの眉間の皺がさらに深くなった。

「だめ……というか。我が父王とは違った意味であの者は狂った男でな。できればノエルに会わせたくない」

「狂った、男の人……ですか？」

「そうだ」

ますます首を傾げるノエルを見つめながら、アッシュロードはしばらく考えたのち、深いため息を一つ零した。

「後宮へ行った時のように、絶対に俺から離れないと約束できるか？」

「はい！」

「今度はエグレットを絶対に取ってはだめだし、アーサーたち護衛隊からも離れてはいけないぞ」

「わかりました！　約束します！」

深く頷くと、もう一度アッシュロードはため息をついて、控えていた兵士に声をかけた。

「すまないが電報を一本打ってくれ。『明日、そなたの屋敷に参る。「精霊の鈴」を用意して待っているように』と。宛先はフォードランド侯爵家だ」

「かしこまりました」

兵士は深く腰を折ると、ブーツの音を響かせて部屋から出ていった。

ワクワクと心を高鳴らせるノエルと、憂懼《ゆうく》に表情を曇らせるアッシュロードを残して。

第四章　猫と鈴

王城から馬車で揺られること三十分。

王城の敷地が広いので、市街へ出るまで時間はかかったが、門を潜《くぐ》ってしまえばローラ川はすぐで、そこに架かる大きな橋を渡れば、フォードランド侯爵家は目と鼻の先だった。

昨日、アッシュロードが電報を打ってくれたおかげか、侯爵家に着くとすぐに主《あるじ》であるベルージュ・フォードランドがアッシュロードとノエルとアーサー含む警備隊を出迎えた。

「これはこれは、アッシュロード王子殿下。我が拙宅へようこそお越しくださいました」

「拙宅とは思えぬ立派さだがな。最近増改築をして、さらに屋敷を大きくしたというではないか」

「いえいえ、これも国民のためでございます。金がないというので、土地を買い上げてやりました。すると彼らはさっさと引っ越していったので、その分の敷地に、趣味の小部屋を作っただけでございます」

「ふーん、お主がそこまで国民思いだったとはな。知らなかった」

アッシュロードは、フォードランドが好きではないのか、むすっとした表情のまま、エグレットを目深に被《かぶ》ったノエルと手を繋《つな》いでいた。

「そちらの方は?」

声をかけられ、びくっと身体《からだ》を揺らしたノエルは、エグレットのつばの下から、そろりとフォードランドを覗《のぞ》いた。

やたらと声が大きく、わざとらしい話し方をする人だな……と思っていた彼は、想像していたよりも若く、三十代前半といった感じだった。

背は小さく、でっぷりと腹が出ていて、苦労を知らなそうなぷっくりとした小さな手が印象的な男だった。

鼻が丸い顔には、真意のわからない笑みを湛《たた》えていて、時に精悍《せいかん》で、表情豊かなアッシュロードとは対照的な人物だな……と、ノエルは思った。

「この者はお前には関係ない。さっさと精霊の鈴を持ってこい。フォードランド」

「まぁまぁ、お急ぎにならないでください。電報を拝受いたしましてから、我が屋敷の料理長とメイドたちが、腕を振るってお茶の準備をいたしました。ぜひ召し上がっていってください」

そう言った彼の後ろには、揃《そろ》いの服に身を包んだメイドたちと、料理長と思《おぼ》しき白衣の男性が立っていて、アッシュロードとノエルは目を見合わせた。

そして、彼らの苦労を無下にもできなくてノエルが頷《うなず》くと、アッシュロードは深いため息をついて、「では、いただこう」と不機嫌丸出しで言った。

（アッシュロード様は、フォードランド侯爵様がすごくお嫌いなんだな……）

ノエルはアッシュロードがここまで彼を嫌悪する理由もわからないまま、案内された庭先でアフタヌーンティーをいただくことにした。

腹もちょうど減っていて、お腹の双子も「何か食べ物を寄こせ〜！」と暴れ出していたので、ほうれん草とチーズのキッシュも、大きめに焼かれたスコーンも、美味《おい》しく腹に収めていった。

銘柄などはわからなかったが、紅茶も高級品らしく、ノエルの敏感な鼻腔《びこう》を、爽《さわ》やかで芳醇《ほうじゅん》な香りが擽《くすぐ》った。

「アッシュロード様、お料理も美味しいですよ？」

「そうか。それはよかったな」

声をかけてみたが、アッシュロードは紅茶を一口飲んだだけで、それ以外に手をつけようとはしない。隣のテーブルに座るアーサーにいたっては、紅茶にすら手をつけていない状態だ。

「？」

どうしてみんな食べないんだろう、と思いながら、ノエルも静々とフォークを置いた。

「もうお腹いっぱいになったか？」

「いえ、皆さんがお料理を召し上がっていないので。なんとなく……」

「お前は遠慮しなくていいんだぞ。好きなだけ食べろ。もし眠ってしまったとしても、俺がおぶって帰ってやる」

「そんな……これぐらいの食事量じゃ、眠くなったりしませんよ」

「本当か？　大丈夫か？」

「大丈夫です！」

「そうか……」

アッシュロードはどこか安心したように微笑《ほほえ》んでくれたが、何か引っかかるものをノエルは感じた。

（どうして眠くなる……とか言うんだろう？　僕、お茶の時間に眠ったりしたことないんだけどなぁ）

とにかく一癖あるらしいフォードランドだから、皆が何かを警戒しているのは明白だった。

「あの、アーサーさん」

「どうかしましたか？　ノエル様」

隣に用意された警備隊用のテーブルに座るアーサーに、ノエルはそっと耳打ちした。

「その……アッシュロード様は、フォードランド侯爵様があまりお好きではないようなのですが、どうしてですか？」

「それは……私からお答えしてもいいのでしょうか？」

アッシュロードにそれとなくお伺いを立てたアーサーに、アッシュロードは「構わん」と一言言った。

「俺は、奴の好みを口にするのも嫌だからな。お前から聞かせてやれ、アーサー」

「はい。では」

律儀に帽子を取ると、アーサーはノエルの耳元に手を当てて、そっと囁《ささや》いた。

「フォードランド侯爵様には『お稚児趣味』がおありなのです」

「……お稚児趣味？」

「はい。食べ物や飲み物に睡眠薬を入れて、小さな男の子を眠らせてから、自室へ引き摺《ず》り込むのです」

「睡眠薬……」

「ですから私たちも、フォードランド侯爵家で出される飲食物には手を出しません。念のため」

「そうだったんですか」

ノエルは話の後半はなんとなく意味がわかったが、前半はよくわからなかった。『お稚児趣味』とは一体なんなんだろう？

また意味を調べなくちゃ！　と、ノエルは辞書を持ってこなかったことを後悔した。

お稚児趣味などという言葉を、精霊の国では聞いたことがなかったからだ。

そう思いつつ、美味しそうなスモークサーモンのサンドウィッチを眺めていた時だった。

「――アッシュロード様、大変申し訳ございません！」

手を組み、目には涙を浮かべ、いかにも困ったふうのフォードランドがやってきて、大仰に跪《ひざまず》き、アッシュロードの足元で頭を下げた。

「うちの五歳の次女が、本日お渡ししようと用意しておいた精霊の鈴を、飼い猫の首につけてしまったと言うんです！」

「はぁ!?　猫の首にだと！」

「はい！　本当に申し訳ございません！　今屋敷中の従者に、猫のメルを探させております」

あまりにも突拍子のない話に、アッシュロードは思わず立ち上がった。

「そのメルとやらの特徴は？」

「長毛種の真っ白な猫でございます。首には赤いリボンをつけておりまして、そこに鈴をつけたと娘は申しております」

「なんという失態だ！」

アッシュロードが額に手を当てて天を仰ぐと、フォードランドはとうとう涙を流して頽《くずお》れた。

「本当になんとお詫《わ》びしてよいか……娘にはきつい罰を与えた上で、地下牢《ちかろう》に閉じ込めておきます」

「そんなの可哀《かわい》そうです！」

フォードランドの言葉に、今度はノエルが立ち上がった。

「五歳の女の子にきつい罰を与えて、地下牢に閉じ込めるなんて。そんなの可哀そうです！　猫は僕も一緒に探します。だから娘さんを許してあげてください！」

どのように精霊の鈴が保管されていたかわからないが、五歳の女の子なら目の前にある鈴がどんなものかなんて、わからないだろう。

そして良い鈴だと思えば、可愛《かわい》い飼い猫の首につけてあげたくなる気持ちもわかる。

もしノエルが彼女と同じ状況だったら、同じようにしていたかもしれない。

そんな無邪気な良心に罰を与え、しかも地下牢に閉じ込めるなんて……ノエルには理解できなかった。そしてあまりにも残酷に思えた。

「ね、アッシュロード様！　猫は僕が探し出します。だから娘さんに罰を与えないよう、申してあげてください」

「……確かに、大事な鈴を猫につけるなど言語道断な話だが、子どものやったことだ。娘殿を許してやれ、フォードランド侯爵」

「ありがとうございます、ありがとうございます！」

「――で、メルちゃんが行きそうな場所とか、お気に入りの寝床とかはないんですか？」

しゃがみ込み、頽れたままのフォードランドにノエルは訊《たず》ねた。

「それが……今は散歩中らしく。この屋敷にはいないようなのです」

「お散歩中かぁ……わかりました。このお屋敷の周りを、僕も探してきますね！」

そう言って、ノエルが飛ぶようにして駆け出した時だった。

「やめろ」

アッシュロードに服の裾《すそ》を摑《つか》まれて、ノエルはつんのめるようにして足を止めた。

「やめるって、何をですか？」

「猫を探すことだ。とりあえず我々は一旦王城に帰る。また後日連絡するので、それまでに猫を捕まえて、鈴を大事に保管しておけ。今度は子どもの目につかないようにな」

わかったな！　と念押しすると、アッシュロードはノエルの手を摑んで歩き出した。

「ちょ、ちょっとアッシュロード様！　猫探しは僕が……」

「いや、そなたがする必要はない」

何か考えがあるのか、アッシュロードははっきり言い放つと、アーサーたちに声をかけて馬車に乗り込んだ。慌ててあとをついてくる、フォードランドを振り向くこともなく。

「本日はご足労いただいたのに、鈴をお渡しすることができず、大変申し訳ございませんでした」

「構わん。とにかく五歳の娘殿には罰は与えるな。ノエルからの恩赦だ。ありがたく思え」

「かしこまりました。ノエル様、ありがとうございます」

「いえ、ではメルちゃんが見つかったら教えてくださいね」

窓越しに伝えると、御者はゆっくりと馬車を走らせ始めた。

深々と頭を下げるフォードランドやメイドたちに手を振って、ノエルは馬車のソファーに座り直した。

「アッシュロード様」

「なんだ？」

「本当にメルちゃんを探さなくて、よかったんですか？」

「あぁ、今日はいい。それにメルという猫が実在するかも怪しいところだ」

「えっ？　どうしてそんなこと言うんですか？」

驚いて訊ねると、アッシュロードは窓に肘《ひじ》を乗せたまま、遠くを見つめて口を開いた。

「あいつに、五歳の次女がいるなんて話も聞いたことがない。そもそも妻だっているのか？　今回の話はすべてが怪しい。もともと一癖も二癖もある男だからな。今回の話も信用しない方がいい」

「それじゃあ、精霊の鈴は……」

「精霊の鈴は、あの屋敷にあるのは確かだろう。だけど、さっきの娘の話と猫の話は、俺たちからノエルを引き離そうとする、でっち上げにしか聞こえなかった」

「どうして僕を引き離すんですか？」

「アーサーから聞いただろう？　あいつの趣味を。フォードランドは、ノエルを舐《な》めるような目で見ていた。だから途中から作戦を変更したんだろう」

「作戦？」

ローラ川を渡り、王城の門を潜ったところで、アッシュロードは再び自分の考えを話してくれた。

「もし、俺だけがあいつの屋敷に行ったとしても、精霊の鈴を人質に、何かをねだってきたはずだ。がめつい男だからな。でも今日は愛らしいノエルがいた。だからノエルを手中に収めるべく、俺やアーサーたちと引き離す必要があった。だから架空の娘と猫をでっち上げて、ノエルが探しに出たところを、かどわかすつもりだったのかもしれない」

「そんなの考えすぎですよ」

ノエルが笑うと、アッシュロードはこちらを見て、「そうかもしれんな」と小さく微笑んだ。

「こんな世界にいると、お前のように素直に人を信じられなくなる。その裏に何かあるんじゃないかと、常に神経を研ぎ澄ませていなければならない。でないと、寝首を掻《か》かれるからな。でも今回は、俺の考えすぎだったのかもしれないな」

「そうですよ。王城に帰ったら、一緒にオセロをしましょう！　アッシュロード様は働きすぎなんですよ。だから頭の中が疲れちゃって、そんなことを考えちゃうんです」

「オセロか。懐かしいな。ここ最近はやっていない遊びだ」

「先日、ウッディー令嬢姉妹に教えてもらったんです！　そうしたら、なかなか筋がいいって」

「そうか、それはよかったな」

「はい！」

アッシュロードは実に穏やかで、優しい眼差《まなざ》しをもって、向かいに座るノエルを見た。きっと彼は気づいていないだろう。アッシュロードが無邪気なノエルに、どれだけ癒《いや》されて、荒《すさ》んでしまった神経を慰められているのかを。

そうして王城に着いてから、アッシュロードとオセロをする気満々でいたノエルだったが、彼から求められたのは、まったく違うことだった。

「……添い寝、ですか？」

「あぁ、俺は少し疲れた。だから俺が寝入るまででいい。そばにいてくれ」

アッシュロードの部屋は、王位継承権第一位の王子しか使うことが許されないコバルトブルーで統一されていて、それは豪奢《ごうしゃ》で立派な部屋だった。

天蓋《てんがい》付きのベッドも大きく、普段ノエルが使っているベッドより二回りは大きいだろう。タイを抜き取り、ジャケットもソファーに放り投げ、ブーツも脱いだアッシュロードは、白いブラウスと長ズボンという軽装になって、ベッドに入った。

「おいで。ノエル。俺に安らぎを与えてくれ」

両腕を差し出され、ノエルはもじもじと頷いた。

「は……はい」

一瞬悩んだものの、ノエルの心は簡単に決まってしまった。

自分を抱き締めて眠るだけで、アッシュロードが安らぐというのなら、それはとても嬉《うれ》しいことだ。これまで人間と共存する上で、彼らのためになることを選択し、静穏を与えて生きてきた精霊にとっては、自分の存在が彼らの安らぎになるのは誉れ高い行為だからだ。

ノエルは着ていたジュストコールを脱いでソファーに置くと、クラバットを外して革靴を脱いだ。

そうして「失礼します……」と小さな声で言うと、アッシュロードのベッドに上がる。

しかし、なんとなく性的なものを想像させてしまう『添い寝』という行為に、再び胸が鼓動を速めて、ぎこちなくその場に正座してしまった。

（ファルタ、どうしよう？　アッシュロード様と添い寝しても大丈夫かな？）

心の中で赤竜《せきりゅう》の女王に問いかけると、くすくすとしたいつもの明るい笑い声が聞こえてきた。

『大丈夫も何も、ただ一緒に昼寝するだけでしょ？　私とノエルも、よく野原で一緒に昼寝をしたじゃない。それと一緒よ』

（そっか。そうだよね）

『そうよ』

ファルタの助言に胸を撫《な》で下ろし、ノエルはそっとアッシュロードの横に転がった。

「もっとこっちだ」

「あっ……！」

途端に腕を引かれて、ポスンッとアッシュロードの胸に納まってしまった。

「はー……安らぐ。やっぱりクッションとは違うな。愛《いと》しい者を抱き締めて眠るというのは」

髪の匂《にお》いを嗅《か》がれて少し恥ずかしかったけれど、それでもアッシュロードが喜んでいて、安らいでいてくれるのが嬉しかった。

「これまでは、クッションを抱き締めて眠っていたんですか？」

「大の大人がクッションを抱き締めて眠っているなんて、恥ずかしい話だがな。母上が亡くなってから、精神的に不安定になった時期があって……その頃から、クッションを抱いて眠るようになったんだ」

「そうだったんですか」

温かな胸の中で呟《つぶや》くように答えると、ノエルはそっとアッシュロードに腕を回した。

「僕はアッシュロード様のお母様にはなれないけれど、でも僕で落ち着くのならいくらでも抱き締めて眠ってください」

「昼でも夜でも？」

「えっ？」

突然艶《つや》っぽいことを訊《き》かれて、ノエルは彼の顔を見た。

すると真摯《しんし》な眼差しと視線が合って、再びノエルの心臓はドキドキと逸《はや》り出す。

いつものアッシュロードなら、「冗談だよ」と笑ってくれるのに、今日は違った。アイスブルーの瞳《ひとみ》は熱く潤んでいて、その真剣さを物語っている。

「昼でも夜でも、お前を抱いていていいか？」

「アッシュロード様……」

彼の名前を口にしたのと同時に、唇を塞《ふさ》がれた。

そして彼の舌が歯列を割って、ノエルの口腔《こうこう》へと入ってくる。

（うわっ！　これがディープキスっていうものか！）

ノエルは、先日わからなかった『ディープキス』という言葉を辞書で調べ、ひとり部屋で赤面したのを思い出した。

（舌を使うキスって、どんなものだろう？）

と、想像力を最大限に活用しながら。

しかし、それでもよくわからなかったので、ノエルは頬《ほお》の熱が引くと、瀟洒《しょうしゃ》な天蓋付きベッドに入って眠った。

ノエルの部屋は、黄緑色と白で統一された、愛らしい部屋なのだ。

そしてその晩、アッシュロードとディープキスする夢を見て、慌てて目覚めた。その時、なぜか下着が汚れていたことは、令嬢姉妹にも内緒だ。

しかし、その妄想が……夢が、今こうして現実になっている。

このことにも驚きだったし、何よりもアッシュロードの舌は、夢の中の彼の物より饒舌《じょうぜつ》で、いつしかノエルは舌を絡め取られ、絡ませた手をベッドに押さえつけられて、アッシュロードに組み敷かれていた。

「あ……んんっ、ふっ……ぅ、ん」

生まれて初めてのディープキスに翻弄《ほんろう》されて、まるで溺《おぼ》れているかのように必死に呼吸をしていると、アッシュロードの唇は銀糸を引いて離れていった。

「好きだ、ノエル。愛している」

「アッシュロード様……」

「俺は本気だぞ？　こんなに誰《だれ》かを愛しいと思ったことはこれまでない」

そう言うと、彼はもう一度甘くノエルの唇を奪った。

「んん……っ」

二度目のディープキスは、ほんの少しだけ余裕があって、溺れてしまうようなことはなかった。

きっとアッシュロードが気を使って、緩やかに口腔を撫でてくれたおかげだろう。

それでも舌を強く吸われ、ノエルの舌も、アッシュロードの口の中に入るよう誘われる。

彼の熱い口内は蕩《とろ》けるように甘美で、唾液《だえき》さえも、ノエルを酔わせる美酒のように感じた。

「あ……っ」

与えられる美酒に舌を絡ませ、酔っていると、ぐっと股間《こかん》を膝《ひざ》で押された。

「ん……ぅ」

何度も何度も優しく膝で股間を刺激されて、ノエルはこれまで感じたことのない熱に、身体中を支配されていく。

「はぁ……や、やだ、アッシュロード様っ！」

彼の胸を押しやってなんとかキスを解いてもらい、ノエルはこれ以上変なことはしないで、と涙目で訴えた。

「……すまない、ノエル。お前が穢《けが》れのない身体だということを忘れていた。突然こんなことをされたら驚くよな」

「はい、驚いちゃいました。でも……」

「でも？」

「なんだか胸の奥では嬉しかったです。それに生まれて初めてのディープキスも、夢で見たよりずっと気持ち良かったし……」

「――ノエル」

アッシュロードは名前を呼ぶと、もじもじと彼を見上げるノエルをしばし見つめた。

「お前は、俺を誘っているのか？」

真面目《まじめ》な顔で問われて、ノエルはぶんぶんと頭を左右に振った。

「さ、誘ってなんかいません！　ただ感じたことを素直に言っただけです！」

「だから、それが誘ってるっていうんだ」

「んっ……！」

突然唇にキスの雨が降ってきて、何事かと驚いていると、穿《は》いていたキュロットのボタンを外された。

それにも驚いていると、一気に下着ごとキュロットを脱がされて、さらにノエルは驚いた。

「あっ……なに？　やぁ、アッシュロード様っ！」

「お前を穢したくはない……お前の中に精を注がなければ、穢れることはないのだろう？」

「ひゃっ！　だめです！　そんなこと……っ！」

白いストッキングと、ストッキングを留めている黒いガーターだけという、あられもない姿にされたノエルは、必死に股間を隠そうとした。

しかしその手をアッシュロードに捕らえられ、まだなんの兆しもない性器を、口の中に含まれる。

「やぁ……っ」

ノエルは初めて味わう感覚に、腰を跳ね上げた。

そしてアッシュロードの美しい金髪に指を埋めると、引き剝《は》がすようにぎゅっと掴む。

しかし、心と身体は裏腹で、心の中では恥ずかしいからやめてほしいと思うのに、身体はなぜかアッシュロードの行為を受け入れていて、思うように指先に力が入らない。

「あっ……あぁ……んんっ」

柔らかく、まだ芯《しん》を持っていない性器を、アッシュロードは頭を前後に動かしながら、どんどん硬くなるように唇で扱《しご》いていく。

その感覚にノエルの呼吸は荒くなり、キスだけで火照《ほて》っていた身体が、さらに熱くなるのを感じた。

（やだやだやだやだ！　どうしようっ！　気持ちがいいっ！）

「はぁ……あっ、あぁ……ん」

口からは、これまで聞いたこともないような甘ったるい声が出て、ノエルはその声すら止められずに、ただアッシュロードの舌技に翻弄されていく。

芯を持たなかった性器は、巧みな彼の口淫で徐々に硬くなり始め、とうとう完全に勃起《ぼっき》した。

先端からは透明な蜜《みつ》が溢《あふ》れ出て、それを美味《うま》そうにアッシュロードは啜《すす》っていく。

「だめ……そんなの飲んだら、お腹壊しちゃう！」

金髪を掴んで訴えたが、彼はやめようとせず、もっと蜜をほしがるようにノエルの硬くそそり勃《た》ったそれを舌と唇で愛した。

敏感な裏筋を舌で舐めたり、硬くなった茎を窄《すぼ》めた唇で刺激したり、時には嵩《かさ》の張った先端を何度も何度も舌先で刺激したりした。

ノエルの頭の中は、初めての行為でパニック状態に陥っていた。

それでも彼が与える快感には素直に反応し、気がついた時にはアッシュロードの口内に、熱い白濁を放っていた。

「はぁ……はぁ……はぁ……ぁぁん」

刺激的すぎる快感から解放され、身体全体を使って荒い息をついていると、アッシュロードはノエルに布団をかけ、「すまない」と一言残すと、バスルームへ消えていった。

そうしてしばらくすると、熱が引いたようにすっきりとした顔で戻ってきた。

「お風呂《ふろ》に……入ってきたんですか？」

判然としない頭で訊ねると、小さく笑われた。

「そうじゃない。そなたを穢してしまわないように、自らの手で抜いてきた」

「あっ……」

苦笑するアッシュロードに、ノエルの頬が熱くなる。

彼は自分の性器を唇で愛しながら、自らの性器も硬くしていたのだと気づいたからだ。

「本当に、アッシュロード様は僕のことが好きなんですね」

「なんだ？　今更気づいたのか？　やっぱり身体を触れ合わせるのはいいな。愛情が素直に伝わる」

精を抜いてきた時に用意してくれたのだろう。温かい濡《ぬ》れタオルで下半身を拭《ふ》かれて、ノエルは再び頬を赤くした。

そして下着とキュロットを穿かせてもらうと、再び胸の中に収められる。

「今日は良い日だ」

「そうなんですか？」

彼の胸の中から顔だけ上げて訊ねると、アッシュロードは大きく頷いた。

「あぁ、ノエルの精液が飲めたからな。愛しい者と肌を触れ合わせるのは、本当に気持ちがいい。心も安らぐし、疲れも取れる気がする」

「それは良かったです」

「なんだ、今度は昼も夜も抱いていいですよ……とは、言ってくれないのか？」

からかうように顔を覗き込まれ、ノエルはアッシュロードの鼻を摘《つ》まんでやった。

「言いません！　クッション代わりになるのは構いませんけど、さっきみたいにいやらしい行為は、昼間にしてはいけません！」

「そうなのか？」

「そうです！」

今度はアッシュロードに訊ねられ、ノエルは先輩の精霊から学んだ通りのことを口にした。

「子を成すような行為は、慎み深く、謙虚に。そして大事に行わなければいけません。それも夜に、二人だけの静かな部屋で」

「なるほど。日が昇っている時間がだめなら、今夜からノエルは俺の部屋で寝るようにしろ。そのように令嬢姉妹にも伝えておく」

「えぇっ！」

驚いて目を見開くと、アッシュロードはニヤリと笑って、触れるだけのキスをしてきた。

そして再びノエルの髪に顔を埋める。

「言っただろう？　全力で俺に惚《ほ》れさせるって。精霊の鈴が見つかるまでに……」

そう言ったきり突然彼が黙り込んだので、どうしたのかとドキドキしていると、しばらくして彼の寝息が聞こえてきた。

「アッシュロード様、寝ちゃったの……？」

安堵《あんど》と落胆が一気に襲ってきて、ノエルは説明のつかないこの感情に首を傾《かし》げた。

けれども、ふわぁ……と大きなあくびが出て、ノエルも気がついたらアッシュロードの腕の中で眠っていた。

こんなにも穏やかで、優しい眠りは初めてだなぁ……と思いながら。

その日の夜、パジャマに着替えたノエルは、自分の枕《まくら》を抱えてアッシュロードの部屋にいた。

ウッディー令嬢姉妹は、アッシュロードとノエルが寝室をともにすることになったと聞かされた途端、両手を上げて歓喜し、鼻息荒く夜の身支度を手伝ってくれた。

そしてあれよあれよという間に風呂に入れられ、パジャマに着替えさせられたノエルは、就寝時刻にアッシュロードの部屋へと連れてこられたのだ。

「「それでは、おやすみなさいませ」」

声を揃えて膝を折った令嬢姉妹に、ノエルもアッシュロードも「おやすみ」と挨拶《あいさつ》をする。

そして部屋に二人だけになると、立派な机に座り、まだ何か作業をしているアッシュロードとの間に不思議な空気が漂ってしまって、ノエルはただ、赤面しながら立ち尽くしていた。

すると腹の子たちが「もう眠い～っ！」「そうだ、そうだ！　俺たちは眠いんだぞーっ！」と言いたげに、ぽこぽこ内側から蹴《け》るので、ノエルは失礼します……とアッシュロードに断りを入れると、ベッドに上がり、自分の枕を置いてそっと横になった。

　すると部屋の明かりを落として、アッシュロードもベッドに入ってきた。

（うわぁ！　これって『褥《しとね》をともにする』ってやつじゃないかな⁉）

　たまたま辞書を引いている時に見つけた言葉を思い出し、緊張に身体を硬くしていると、アッシュロードが吹き出した。

「安心しろ。もう昼間のようなことはしない。あまりすると、腹の子たちに影響があるかもしれないからな」

　伸ばされた腕で胸の中に収められ、ノエルはちょっとぬいぐるみになったような気がした。しかし心の底から安堵したアッシュロードの吐息が聞こえて、ノエルはぬいぐるみも悪くないな……と思った。

　彼の精神安定剤になれるのなら、それは自分にとっても嬉しいことだからだ。

（ん？　自分にとってとっても嬉しいことって、どういうこと？）

　アッシュロードのためになることに、喜びを感じる自分の心は難解すぎて、ノエルはファルタを呼んで教えてもらおうと思った。

　けれども、それはやめた。

（この感情の正体は、自分で気づかないといけない気がする……）

そう思ったノエルは、アッシュロードの逞《たくま》しい身体に腕を回した。

服を着ているとわからないが、アッシュロードは相当身体を鍛えているらしく、細く見えるのにとても筋肉質な身体をしていた。

そうして体温の高い彼の身体に包まれて目を閉じていると、ノエルもだんだん眠たくなってきて、いつの間にか眠りの淵《ふち》へと落ちていった。

これまで感じたこともないほど、安らかな気持ちで。

＊＊＊

アッシュロードは自室の机に座り、今朝《けさ》から降りやまない雨を眺めながら、アーサーからの報告を聞いていた。

昨日訪れたフォードランドの家族構成について調べさせたところ、妻子がいるのは本当だった。

しかも五歳の次女がいるのも事実だったのだが、夫婦仲が悪く、妻は二人の娘を連れて、去年から実家に帰っていた。

そしてメルという猫についても、次女が可愛がっていたという情報があり、妻が家を出る際に、一緒に実家に連れて帰ったという。

フォードランドが話していたことは、事実を織り交ぜた真っ赤な嘘《うそ》だったのだ。

「これまでにも幼く可愛い少年をかどわかし、性的なことを行い、何人もの被害者を出してきた男だ」

アッシュロードが吐き捨てるように言うと、アーサーは大きく頷いた。

「そうですね。侯爵という地位と、金を握らせて黙らせるという汚い手口で、捕まることを逃れてきたようですが……」

「ノエルを連れて、早々に屋敷をあとにしたのは正解だったな」

「本当に、あの時アッシュロード様が不審な空気を感じ取ってくださらなければ、今頃我々は大失態を犯していたところです」

「では、精霊の鈴は一体どこにあるんだ？」

「それは現在も調査中です」

厳しいアーサーの表情を見て、アッシュロードはなかなか精霊の鈴は見つからないのだな……と察した。

本当に、フォードランドが今でも所有しているのか？

それともメルという猫の首に、本当についているのか？

アッシュロードは、現状から考えて、後者の可能性が高いと考えた。

次女が母親の実家に連れて帰ったメルの首に、精霊の鈴がついているのではないか、と。

「ところで、フォードランドの妻の実家はどこにあるんだ？」

「それが意外にも、フォードランドの屋敷からほど近い場所に住んでおりまして。絹問屋の裕福な商家だそうです」

「絹問屋で裕福な商家というと、カーター男爵の家か？」

「さすが、アッシュロード様。無駄に社交界でシャンパンばかり飲んではいませんね」

「シャンパンだって国民の税金だ。そう無駄にはしてられんよ」

こうして軽口を叩《たた》き合えるのも、幼馴染《おさななじみ》として育った二人だからだろう。

「でも、そうか……カーター男爵の娘と、フォードランドは結婚していたのか」

これで猫のメルの居場所もわかったと、アッシュロードは立ち上がった。

「ご苦労だったな、アーサー。苦労ついでにもう一つ頼んでもいいか？」

「はい」

「居酒屋の亭主と、女医に電報を打ってほしい。『明日の夜、二十三時に衣裳《いしょう》部屋で』と」

「かしこまりました。裏手の門の鍵《かぎ》も開けておきます」

「すまないな」

執事のステファンのように何か言ってくるわけではないが、アーサーはアッシュロードが義賊として夜の街を駆けていることを知っているようだった。

そしてそれに言及してくることもなく、口にすることもなく肯定してくれている。

実に頼りになる友であり部下だと、アッシュロードは日々彼に感謝していた。

＊＊＊

夜になっても、雨はまだ降っていた。

天界を黒竜《こくりゅう》が支配するようになってから、エーテルがものすごい勢いで彼らに吸われているのがわかる。

しかもほどよく雨が降り、ほどよく曇りで、よく晴れていたアリステリア王国の天候も揺らぎ始めていて、雨の日が多くなり、時には稲光がいくつも落ちてくることがあった。

そんな日は決まって腹の子たちが落ち着かなくて、一日中ぐるぐる回転していたり、ぽこぽこ内側から蹴ってきたり、どくんどくんと脈動が大きくなったり速くなったりした。

令嬢姉妹や侍女たちも、最近よく疲れると嘆いている。

これもエーテルのバランスが崩れて、知らずと人間にも影響が出ているからだろう。

（精霊の国では、きっともっと大きな影響が出ているはずだ）

王城へやってきて二週間。

まだ精霊の鈴を見つけることができず焦っていたノエルだが、今日の夕食の席で、アッシュロードが「心配ない」と言ってくれた。

「明日、精霊の鈴をもう一度探しに行こう。だからそれが本物かどうか？　そなたが確かめてくれ」

「はい」

猫探しも禁止されてしまった以上、今はアッシュロードの言葉を信じるしかなかった。

しかし、精霊の鈴が見つかって無事に精霊の国に帰れるとなった時、自分はどうするのだろう？　と、ノエルは考えるようになった。

そう考えるたびに、アッシュロードのことが気になって気になって、ファルタに言われた『好きの始まり』という言葉が、どんどん自分の中で大きくなっていくような気がした。

今では寝所もともにし、安らぎを覚えているのだから、もしかしたら自分はもう、アッシュロードのことが好きなのかもしれない。

「ん……？」

しかし、この日の夜。

温かなアッシュロードの身体が隣にないことに気づいて、ノエルは目が覚めた。

薄明かりの中で時計を見れば二十三時半を指していて、眠ってから二時間ちょっと経っていることに気づく。

「アッシュロード様、どこ行っちゃったんだろう？」

最初はトイレにでも行っているのかと思ったが、なかなか帰ってこないのでノエルは心配になってきた。

（もしかして、もう僕に飽きちゃって、別のところで寝てるのかな？）

そんな悲しいことを考えて、ノエルの心はしょんぼん……と萎《しぼ》んだ。

（まぁ、そうだよね。別に僕は、アッシュロード様の恋人でも奥さんでもないんだから。すぐに飽きられても文句は言えないもん）

妃候補だと言ってはくれるが、あくまで候補であって、今現在妃ではない。

それに精霊である自分が、人間であるアッシュロードの妻になるということは、精霊であることのすべてを捨て去らなければならない、大変なことなのだ。

髪の色や、特殊な力を失うだけの問題ではない。

（ばば様やシーナにも、会えなくなっちゃうのかな？）

精霊の国で過ごした穏やかな日々を思い出せば、懐かしくないと言ったら嘘になる。

王城にやってきてからは、大好きな野原で寝ころんだり、珍しい花を探して押し花にしたりと、自分の好きだったささやかな趣味すらしなくなってしまった。

一番の原因は、王城での暮らしが分単位で決まっていて忙しいからだ。

朝食、昼食、お茶の時間、夕食と、毎回服を着替えなければいけないし、最近では、社交界といわれる華やかな席にも、アッシュロードが連れていってくれることがあった。

そこでは皆が美味しい料理や酒を嗜《たしな》み、談笑し、踊りを踊って一晩中楽しむのだ。

しかし、あまりにもまばゆい世界に、ノエルの心はついていけなくて、正直社交界といわれる場所や、ダンスパーティーは苦手だと思った。

目が覚めてからしばらく経つが、なかなかアッシュロードが帰ってこないので、ノエルは悲しい気持ちで布団を抱き締めた。

すると扉が開く音がして、アッシュロードが静かに部屋に戻ってきた。

寂しくて拗《す》ねていたことがバレるのが恥ずかしくて、ノエルは急いで目を閉じると寝た振りをした。

「寝ているのか……？」

囁くように甘く耳元で問われて、思わず目を開けそうになった。けれどもノエルは、頑張って寝た振りを続けた。

そうして、しばらく自分の顔を見つめるアッシュロードの視線を感じていたが、そのうち額と頬と唇に優しいキスが降ってきて、「おやすみ」という呟きとともに抱き締められた。

緊張していた身体からやっと力が抜け、アッシュロードの胸の中でホッと息をつく。

そうして彼のぬくもりに心も身体も預けていると、だんだん瞼《まぶた》も重たくなってきて、ノエルはすやすやと夢の国へ旅立っていったのだった。

＊＊＊

「まぁ！　王子殿下、我が屋敷へはどのようなご用件で？」

「マダム・フォードランド。突然の来訪をお許し願いたい。実はお願いがあって今日は屋敷まで足を運んだ」

突然の王子の訪問に、驚かない者などいないだろう。

少しくすんだ金髪を結い上げ、グレーの落ち着いたドレスに身を包んだ女性は、驚きから玄関先で立ち竦《すく》んでいた。屋敷に仕える者たちも急いで集まってきて、屋敷の一階は人で埋め尽くされる。

しかし今回、マダム・フォードランドに電報を打たなかったのは、アッシュロードなりの優しさもあった。

電報を打ち、アッシュロード一行をもてなすために、金をかけて料理やテーブルのセッティングをさせるのは大変だろうと考えたからだ。

だから今日は、アッシュロードも軽装であったし、ノエルも白いブラウスにベージュの長ズボンというラフな格好で外出した。

「お母様、このお兄ちゃんたちはだぁれ？」

ドレスの裾を摑んで、母親の陰に隠れるように顔を覗かせた少女は、アッシュロードとノエルを交互に見た。

「こら、マリアンヌ！　お兄ちゃんじゃなくて王子殿下でしょう！」

「構わん、子どもにとっては近所の青年も国王の息子も関係ない。そなたはマリアンヌというのか？　私はアッシュロードという。よろしくな」

「こんにちは、アッシュロードお兄ちゃん」

内気な性格なのか、マリアンヌはか細い声で挨拶をした。

「マリアンヌちゃん、こんにちは。僕の名前はノエル。よろしくね」

「ノエルお兄ちゃんも、こんにちは」

「ちゃんとご挨拶ができて偉いね」

ノエルがかがんで微笑むと、マリアンヌという名前の少女は、照れたように母親のドレスに顔を埋めた。

金色の縦ロールが可愛らしい、可憐《かれん》な少女だった。きっと顔立ちの良い母親に似たのだろう。

「マダム・フォードランド。彼女は五歳になる二番目の娘殿かな？」

アッシュロードは早速、夫人に質問をした。

「はい、あとひと月で六歳になりますが……あの、マリアンヌが何かいたしましたでしょうか？」

不安そうに眉《まゆ》を寄せた夫人に、アッシュロードは微笑んだ。

「いや、彼女は何もしていない。我々が用があるのは、彼女の愛猫のメルだ」

「メルでございますか⁉」

まだ状況が把握できていない上に、飼い猫の名前を突然出されて、夫人は混乱している様子だった。

執事らしき老人に案内されて、急遽《きゅうきょ》応接室に通される。

その時、床に猫のおもちゃと思しき毛糸玉が転がっているのを見て、ノエルとアッシュロードは目配せした。

アーサーたち護衛隊は部屋の外で待ち、早速本題を、夫人と夫人の父親のカーター男爵に説明した。

「以前、父王がフォードランド侯爵に授けた、精霊の鈴という物を探しているのだが、フォードランド侯爵の話によると、マリアンヌの愛猫であるメルの首に、その鈴がついているというのだが、本当か？」

紅茶を一口飲み、アッシュロードが訊ねると、夫人とカーター男爵は驚いて息を呑《の》んだ。

「まぁ……なんということでしょう！　あの鈴が国王様から拝受した、そんなに大事な物だったなんて！」

「本当に恐れ多いことだ！　今すぐメルを連れてまいりますので、少々お待ちください」

そう言って応接室を飛び出していったカーター男爵は、しばらくして白い長毛種の猫……メルを抱えたマリアンヌを連れてきた。

「メルはマリアンヌにしか心を開いておりませんので、このような形で失礼いたします」

「構わん。ずいぶんと可愛い猫だな、マリアンヌ」

「そうだね……って、あっ！　あの鈴は！」

『そうね。私が昔、国王にあげた精霊の鈴だわ』

ノエルとアッシュロードの心の中に、ファルタの声が響いた。

メルの首に、赤いリボンでぶら下がっている金色の鈴は、どこにでもありそうな変哲もない鈴だった。

音色もこれといった特徴はなく、聞き慣れた錫《すず》で出来た、チリンチリンという小さな音だ。

しかし、溢れ出るエーテルの量が違う。

精霊の鈴が鳴るたびに、実に清らかなエーテルが、鱗粉《りんぷん》のようにキラキラと舞うのだ。

やっと見つけたとばかりに、アッシュロードはその鈴に手を伸ばした。

すると、メルがフシャーッと彼を威嚇《いかく》し、爪《つめ》の出た手でパンチを繰り出してきた。

「おっと！」

間一髪、引っ掻かれるのを免れたアッシュロードだったが、マリアンヌにしか心を開かないというのは、どうやら本当のことらしい。彼女以外には、撫でさせるのも拒むという徹底ぶりだ。

「さぁ、マリアンヌ。メルの鈴を王子殿下にお渡しするんだ」

「嫌よ！」

カーター男爵の言葉に、マリアンヌは大きく頭を左右に振った。

「マリアンヌ！　聞き分けのないことを言うんじゃやない！」

「だって、この鈴はメルのお気に入りなの！　世界に一つしかないメルのお気に入りなんだもの！」

幼い少女は大きな目に涙をいっぱいに溜《た》め、カーター男爵を見上げた。

「マリアンヌちゃん……」

この光景に、ノエルの胸は痛んだ。

子どもから、お気に入りのおもちゃを取り上げるような無体さを感じて、罪悪感に苛《さいな》まれる。

『困ったわねぇ。子どもの涙には勝てないわ』

ファルタも同じことを感じたのか、吐息とともに、憐《あわ》れみの混じった言葉を発した。

その後も夫人とカーター男爵は必死にマリアンヌを説得したが、彼女はわんわんと泣き出し、猫のメルもシャーシャーと周囲を威嚇し出した。

「わかった！　マリアンヌ。もう泣くでない。今日は鈴を諦《あきら》めよう」

「アッシュロード様？」

アッシュロードはそう言うと、泣きじゃくっていたマリアンヌの頭を優しく何度も撫でた。そしてノエルの手を取ると、玄関へ向かっていく。

「王子殿下、本当に申し訳ございません！」

カーター男爵と夫人があとを追ってきて、何度も何度も頭を下げた。

「もうよい。突然こちらから出向いて、マリアンヌとメルの大事な鈴を取り上げようとしたんだ。むしろ謝るのはこちらの方だ」

「とんでもございません！」

王子に謝らせたとあって、二人は冷や汗をかきながら再び頭を下げた。

「本当にいいんだ。申し訳なかったな。あ、この件で決してマリアンヌとメルを罰することのないようにな。彼女たちは何も悪くない。わかったな」

「はい、かしこまりました」

馬車に乗り込み、屋敷をあとにしたアッシュロードとノエルは、向かいに座っていたアーサーに応接室でのやり取りを話した。

「それで、精霊の鈴は本当にこのままでよろしかったのですか？　アッシュロード様」

「あぁ。どんな鈴なのか見ることもできたしな。それに、あのまま幼いマリアンヌを泣かせておくわけにはいかなかったからなぁ」

「アッシュロード様はお優しいんですね」

微笑むと、「すまなかったな」と、繋いだままになっていた手を再び握り直された。

「そなたとファルタの大事な鈴を、今日は取り返すことができなかった」

「ううん、いいんですよ。また日を改めてマリアンヌちゃんのところへ行きましょう？　その頃には気持ちも変わって、鈴をくれるかもしれませんから」

「しかし、その間も精霊の国は人間界と寸断されたままになって、大変なんじゃないか？」

「確かにそうですけど……でも、女性や子どもを泣かせるのは、あまり気持ちのいいものではありませんし……」

ファルタも同意見だったらしく、二人の心の中でため息交じりに呟いた。

『私も、子どもから強引に物を取り上げることに、賛成はできないわ。精霊の国は心配だけれども』

「そうだな。できるだけ早く精霊の鈴が手に入るよう、俺がなんとかしよう」

アッシュロードはそう口にすると、馬車の窓から遠くを眺め、何か考えている様子だった。

第五章　義賊と精霊の国

それは、まさにたまたまたまだった。

たまたま夜中に目が覚めたら、隣にアッシュロードがいなかった。

そしてたまたまたまサーヤが使っている香水の香りがして、その香りを頼りにアッシュロードの衣裳部屋まで行ったら、たまたまアッシュロードとサーヤとグレースドがいて、たまたま窓から外に出ようとしているところだった。

「ノエル様、これはですね……っ」

同じく衣裳部屋にいた執事のステファンは、慌てたように必死に言い訳を探していた。

しかし、目の前の光景はどう考えても、三人がこれから窓から外に出て、どこかへ行くところにしか見えなかった。

「アッシュロード様、サーヤさん、グレーズドさん。こんな夜遅くにどこへ行かれるんですか？」

素直なノエルの質問に、三人とも固まってしまった。

するとアきくため息をついたアッシュロードが窓枠を潜って、観念したように部屋の中に戻ってきた。

「……すまん、ノエル。その……今までそなたに、黙っていたことがある」

珍しく歯切れの悪いアッシュロードに、何事かとノエルも身構えた。

「アッシュロード様、それを言ってしまっては……！」

「いいんだ、ステファン。ノエルにはいずれ話そうと思っていた。ノエルは将来お妃になる予定だからな。隠し事はできるだけしたくない」

「ですが……」

渋るステファンとは対照的に、グレーズドとサーヤはさっぱりした様子だった。

「ノエルなら、大丈夫なんじゃないか？」

「そうよ、この子なら大丈夫じゃない？　ノエルは内緒ごとを守れるものね」

サーヤたちの言葉に硬く唇を引き結ぶと、ノエルは大きく頷いた。

「はい！　口はとても堅いです！」

(だって、赤竜の女王と友達だっていうことを、ばば様やシーナに黙っていられたんだもの！)

自分たちが神のように崇《あが》める赤竜の、しかも女王と友達になってしまった……などと仲間に知れたら大騒ぎになると思ったノエルは、ファルタと会うようになってから、このことを誰にも言わなかった。

素直で無邪気で、思ったことを真っ直《す》ぐ口にしてしまうノエルだが、隠し通さなければならないことに関しては、意外なほど口が堅かった。

そんな意思の固さを見せたノエルに、ステファンも折れる形で納得し、もう何も言わなくなった。


「——義賊……ですか？」

義賊とは何か？

そしてなぜ、彼らが義賊になったのか？

その理由をアッシュロードから説明されて、ノエルはごくんと唾《つば》を飲み込んだ。

「父王があのようになってしまってからは、俺だけの力ではどうやっても政治を変えることができなくてな。俺は義賊となって、国民を少しでも助けることにしたんだよ。この行いが、罪だとわかっていてもな」

「だけど、アッシュロード様やサーヤさんやグレーズドさんのおかげで助かった人は、たくさんいるんじゃないですか？」

「そうかもしれないけれど、私たちがしていることは、焼け石に水だわ。できれば国王様に元に戻ってもらって、善政を行っていただくのが一番いいのだけど……」

阿片《あへん》中毒になってしまっては、もうだめかもしれないわね……と呟いたサーヤの言葉が、ノエルにはひどく印象的だった。

「だから今夜も、貧しい人たちのために、貴族のお屋敷に忍び込むんですか？」

「いや、今夜は少し違う」

アッシュロードはポケットから金色の鈴を取り出すと、ポンッと投げてキャッチした。

「こいつを、メルの首についている精霊の鈴と交換してくる」

「でも、メルちゃんはマリアンヌちゃんにしか懐いてないんですよ？」

ノエルが慌てて口にすると、彼は企《たくら》んだ笑みを浮かべた。

「だからサーヤとグレーズドにも応援を頼んだんだ。実はグレーズドには唯一無二の特技があってな」

「特技……ですか？」

アッシュロードがやたらもったいぶるので、ノエルも固唾《かたず》を呑んでその特技とやらを訊ねた。

「グレーズドは、どんな動物にでも懐かれるんだ！」

「……なんか、わかる気がします」

当たり前のようにノエルが答えると、向かいにいたサーヤが驚いた顔をした。

「えっ？　嘘！　ノエルはわかるの？　私、全然わかんないんだけど！」

不思議そうに首を捻《ひね》る彼女の横で、グレーズドはサムアップをしている。

「――というわけで、俺たちはこれからカーター男爵の屋敷に忍び込んでくる。ノエルはおとなしく俺の部屋で待って……」

「ません！」

アッシュロードの言葉に被せるように、ノエルは宣言した。

「僕だけおとなしく待ってるなんて、そんなことできません！　もともと精霊の鈴探しは僕とアッシュロード様に課せられた課題です。だから……絶対に皆さんの足を引っ張ることはしませんから、どうか一緒に連れていってください！」

前のめり気味に言ったノエルに、アッシュロードは冷静に首を横に振った。

「だめだ」

「どうしてもですか？」

涙で潤んだ濃紺の瞳で見つめられ、アッシュロードは言葉を紡げなくなってしまう。

「うっ……」

惚れた相手の涙には、とことん弱いタイプなのだろう。今にも泣き出しそうなノエルに、アッシュロードは明らかに動揺していた。

「いいじゃない。私がフォローしてあげるから、連れていってあげれば？」

「サーヤ、君の腕は認めるが、楽観的なところがありすぎる」

「誰にだって初めてはあるでしょ？　アッシュロード様にだってあったはずだわ。それと一緒よ」

きっと面白がっているのだろう。微笑んだ彼女に同調するように、アッシュロードの心の中に、穏やかな声が響く。

『連れていってあげればいいんじゃない？』

「赤竜の女王まで、そんな無責任なことを……」

『無責任かもしれないけれど、この子が成長するためには試練も与えないと』

「試練……か」

何度目かのため息をつくと、アッシュロードはなおも瞳を潤ませるノエルの目元を、親指で拭《ぬぐ》った。

「絶対に俺たちの言うことを守るって約束するか？」

「はいっ！」

「単独行動は禁止だ。いいな」

「わかりました」

「――それではノエル様も、目立たない格好にお着換えくださいませ」

いつの間にかステファンが用意してくれた市民の服に着替えると、大きな頭巾のついた深い鼠《ねずみ》色のマントを着せられた。

「屋敷の行き帰りは、絶対に頭巾を外してはだめだぞ。特にノエルは綺麗《きれい》な髪の色をしているからな。街灯の下を通る時に、目につきやすい」

「了解しました」

こうして三人と新人義賊の精霊は、王城の衣裳部屋の窓からするりと外へ出ていった。

「ご武運をお祈り申し上げます」

と、直角に腰を折ったステファンを残して。


馬車だとあっという間だったのに、歩いてみるとカーター男爵家まで結構距離があって、ノエルは屋敷に着くまでずっとドキドキしていた。

王都を西と東に分けているローラ川を渡り、改めて遠方に見えるカーター男爵家を確認すると、フォードランド侯爵家のように川に面して建っていた。

四人はあまり目立たないよう、バラバラになって歩いていたが、ノエルはサーヤとともに行動していた。

「緊張してる？」

訊ねられ、ノエルはこくりと頷いた。

「はい、とても。でも、精霊の鈴を早く手に入れないと、精霊の国に帰れないし、それに……」

「それに？」

言葉を一旦切ったノエルに、頭巾の下からサーヤが視線を向けてきた。

「もっと……アッシュロード様を好きになってしまいそうで、怖いんです。これ以上一緒にいたら、もう永遠に離れられない気がして」

「そんなに彼が好きなの？」

「……たぶん……」

くすくすと笑った彼女に、ポンと背中を叩かれた。

「歯切れが悪いわね。もう好きって認めちゃいなさいよ」

「そうですね。でも認めてしまったら、精霊の国には帰れない。素朴で質素で穏やかだった日々には戻れないんです」

「確かに。王城は慌ただしいし、プライベートな時間も少なくなってしまうかもしれないわ。それでも王城や王都の生活も、慣れてしまえば楽しいわよ」

「そうですか？」

「私は王都から、馬車で一週間かかる田舎から出てきたの。最初は王都や王城のせわしない生活に目が回りそうだったけど、『住めば都』っていうじゃない？　今では田舎に帰った時の方が退屈で、早く王都に戻りたいって思うわ」

「そういうものなんでしょうか……」

「それにお腹の赤ちゃん竜たちも、私に取り上げさせてくれるんでしょう？　だったらもう少し王城にいてもらわないと」

「そうですね」

笑ってくれたサーヤに微笑み返すと、先頭を歩いていたアッシュロードが歩を止めた。

その途端、物陰に隠れるようにサーヤに言われて、明かりの落ちた雑貨屋の陰に身を潜めた。

彼らはカーター男爵家の周囲を見渡すと、人がいないことを確認し、申し合わせていたかのように、グレーズドが玄関扉の鍵を特殊な器具で開け出した。

「いい？　ここからは会話禁止よ」

「はい！」

アッシュロードが駆け出したので、サーヤとノエルもあとを追って走り出す。そうしてカーター男爵家に音もなく入り込むと、グレーズドが静かに扉を閉めた。

三人の間では合図が決まっていたのか、アッシュロードが三方向を指で示すと、グレーズドは右へ、アッシュロードは上階へ、そしてサーヤとノエルは左へと歩を進めた。

カーター男爵家はしっかりとした造りだったので、幸い床が鳴らなかった。しかも踵《かかと》のないブーツを履いていたので、それも幸いして足音は一切しない。

サーヤと向かった先はメイドや従者の寝室らしき場所で、その先にキッチンとリネン室があった。

互いを見て、「ここにメルはいないようだ」と目配せし合うと、二人はグレーズドがいる右側へと進んだ。

そこには待合室や応接室、広い食堂があって、メルが寝る用のベッドが置かれた場所もあった。

しかしそのベッドにもメルの姿はなく、グレーズドと合流した二人は、アッシュロードがいる二階へと上がっていった。

途中で階段が軋《きし》んで、驚いたノエルは声が出そうになったが、そのまま飛び上がると三十センチだけ宙に浮かんで、二人のあとをついていった。

（そうだよ。足音なんか気にせず、最初からこうして飛べばよかったんだ）

今更ながらに気づいて、自分がこのミッションにどれだけ緊張しているのかを思い知った。

自分からついていくと言ったが、実際のところいつ自分が彼らの足を引っ張って、メルを見つけることもできずに不法侵入の罪で捕まるか、ノエルはドキドキハラハラしていた。

でも、精霊の鈴を見つけることは、ファルタとの約束だ。だからどうしても、自分の手で——または仲間と一緒に——精霊の鈴を手に入れたかった。

（ファルタ！　僕、頑張るからね！）

『応援しているわ、ノエル。でも無理だけはしないでね。何かあったら、すぐに逃げるのよ』

（うん！）

首からぶら下げた、彼女のひし形の鱗《うろこ》を服の上からぎゅっと握り、ノエルはそれぞれの部屋の扉を開けて、メルの姿を探した。

二階は家族の寝室や書斎となっていて、メルがいそうな場所はたくさんあった。

侵入に慣れているサーヤとグレーズドは、慎重さと大胆さを持って、どんどん部屋に入っては捜索していくが、ノエルはそこまでの大胆さを発揮できなくて、小さく開けた隙間《すきま》から、中を覗く程度しかできない。

（メルちゃんは、どこにいるのかな……？）

なかなか見つからず、夜の散歩にでも行ってしまったのか？　と諦めかけた時だった。

一番右奥の扉をそっと開けると、月明かりに照らされた子供部屋から、白いモフモフが足元をするりとすり抜けていったのだ。

（あっ！）

そのモップのような姿は月の光を受けて輝き、チリンチリンと小さな鈴の音を立てながら、宙に浮かんだノエルの下を駆けていった。

（うわぁ～！　メルちゃん、待ってーっ！）

マリアンヌの寝室で眠っていたらしいメルは、ノエルたちの存在にとっくに気づいていたのだろう。

さっさと廊下を駆けていくと、様子を窺《うかが》っているのか、それとも挑発しているのか。ノエルの方を振り返り、ふんっと鼻を鳴らした。

（あーん！　完全に舐められてる〜っ！）

自分が猫にも舐められる存在だと傷つきながらも、ノエルは床上三十センチを飛びながら、猫のメルを必死に追いかけた。

しかしメルはノエルをあざ笑うかのように、高い棚の上に登ったり、書斎机の下に隠れたり、しまいにはカーター男爵のベッドの下に入り込んで、出てこなくなってしまった。

この時には他の三人もメルの存在に気づいて、カーター男爵のベッドの下から、どうやって人懐こくないメルを出すか、アッシュロードとサーヤとノエルは頭を捻った。

すると、グレーズドが徐《おもむろ》にポケットから茶色い袋を取り出した。

アッシュロードが、指と表情だけで問いかけると、グレーズドは大きく口を動かした。

「それはなんだ？」

「マタタビだ」

おおっ！　と三人は目を見開いて、尊敬の眼差しを彼に送った。

ノエルも感心しながら、猫じゃらしの一本でも持ってくればよかったと、つくづく反省する。

グレーズドは、大きないびきをかいて眠っているカーター男爵のベッドに近づくと、まるで火薬の粉を引くようにマタタビの粉をみんなの足元まで撒《ま》いた。

すると、この芳しい香りにさすがのメルも勝てなかったのか。ベッドからにょっと顔を出して、細く引かれたマタタビ粉をぺろぺろと舐め出した。

マタタビは、やはり猫には強い。しかも雄猫には効果を絶大に発揮するというので、メルは雄猫なのかもしれない。

他のものはまったく目に入らないといったふうにぺろぺろぺろぺろ……とマタタビを舐め続け、メルはいつしか四人の足元までやってきた。

そこを、すかさずグレーズドが抱き上げる。

するとメルは、「あーん……」と残念そうな鳴き声を上げた。

「さぁ、ノエル。今のうちに鈴を」

カーター男爵の寝室のドアを閉め、階段の手前でしゃがみ込んだ四人は、マタタビの効果で身体をくねくねとさせ、完全に酔っぱらったメルを真ん中に頷き合った。

酔っぱらったメルの首からリボンを外すのは、実に簡単だった。

そしてやっと精霊の鈴を手に入れると、アッシュロードが用意したよく似た金の鈴をリボンにつけ、またメルの首に結びつける。

「よくやった！」

と声には出さなくても、アッシュロードに頭をガシガシと撫でられ、ノエルはえへへ……と笑った。

しかし今回の一番の功労者はグレーズドなので、ノエルは彼に頭を下げると、精霊の鈴を大事にズボンのポケットにしまった。

「――そこに、誰かいるの？」

精霊の鈴を無事に手に入れ、ホッとしていた時だ。

ランタンを片手に、メイドらしき女性がこちらへやってくる気配がして、四人は驚いて方々へ散った。

グレーズドは窓から芝生の庭へと飛び降り、サーヤは道路に面した窓から、雨どいを伝って外へ逃げた。

しかし、アッシュロードとノエルが階段を下りようとするより早く、彼女の方が階下から階段を登ってきたので、二人は一番左奥の部屋へ逃げ込んだ。

そこは書斎となっており、人の気配はなかったが、どうやら部屋に逃げ込むところをメイドに見られてしまったようで、「きゃーっ！」と彼女が大声で騒ぎ出した。

「大変！　賊よ！　賊が入ったわ！」

この声に屋敷の人たちが起きてくる足音や、声が聞こえる。

「賊だと！　どこにいるんだ!?」

「奥様の書斎でございます！　そこに二人の賊が入っていくところを、私、見ました！」

「しまったな」

アッシュロードが盛大に舌打ちをし、バルコニーから下を覗き込んだ。

するとこの部屋は川に面していて、バルコニーの真下には、ローラ川が流れていた。

決して流れの速い川ではないが、「とても深いんですよ！」と令嬢姉妹から聞いていた。

「ノエル、泳げるか？」

アッシュロードに訊かれ、首を横に振った。水浴び程度はするが、ノエルは金槌《かなづち》だ。

「万事休すか⁉」

そう言って天を仰いだけれど、彼の判断は早かった。

「どんなことをしても、お前を守るって言った言葉。覚えてるか？」

「は……はい！」

「それじゃあ、俺を信じて、一緒に川に飛び込めるな」

「えぇっ⁉」

ノエルが驚いたのと同時にマントを外されて、彼も脱いだマントを同時に川に投げ捨てた。

そうして身軽になったところで、彼はノエルを抱き締めて、バルコニーの柵《さく》に足をかけた。

「うわぁ～……っ！」

そのまま高さ十メートルはありそうな川に二人で落ちていき、カーター男爵家の従者がバルコニーを確認した時には、二人の姿はなく、二枚のマントが暗い川に揺蕩《たゆた》っているだけだった。

「賊は、川に飛び込んで逃げたようです」

「なんだと？　盗まれたものがないかどうか、みんなで手分けして探すんだ」

「はい！」

しばらくの静寂のあと、二人の会話がローラ川から聞こえた。

「……ノエル、大丈夫か？」

「……アッシュロード様が暴れなければ、大丈夫です」

カーター男爵と従者の会話を聞きながら、二人は近くの橋の下に逃げ込んでいた――水に濡れることもなく。

「三十センチだけ飛べるっていうのも、なかなか役立つ能力だな」

笑い交じりの賛辞に応《こた》える余裕もなく、ノエルは重たい荷物を運ぶようなのろのろさで、水面から三十センチのところをふよふよ……と飛んでいた。自分より重たいアッシュロードを抱き締めながら。

　時間はかかったものの、なんとか船着き場までふらふら飛んでいくと、アッシュロードを下ろし、荒い息と一緒にノエルはがっくりと頽れた。

「お疲れ様、ノエル」

　汗の浮かんだ額とこめかみにキスをされて顔を上げると、今度は優しく唇を吸われた。

「ん……」

　長い睫毛《まつげ》の瞼を閉じ、感謝と労《いた》わりのキスを受け取っていると、川沿いの歩道からサーヤの声が聞こえた。

「二人とも大丈夫!?　……って、キスする余裕があるのなら、まったく問題なさそうね」

「そうだな」

　グレーズドの声も聞こえ、ノエルは急に状況を思い出し、パッとアッシュロードから離れた。キスしているところを見られて、頬は熱くなり、今にも火が出そうだ。

　しかし機嫌の良さそうなアッシュロードに手を差し伸べられて、ノエルはその手を取ると立ち上がった。

　ズボンのポケットを探り、先ほどメルから返してもらった精霊の鈴を手にする。

「やっと会えたね、精霊の鈴さん」

微笑んだノエルに、精霊の鈴も笑っているように見えた。

満月の光を受けて、精霊の鈴はますます金色に輝いて見えた。


「――お帰りなさいませ」

サーヤとグレーズドと別れて、二人は裏門から王城内に入ると鍵を閉め、そのままアッシュロードの衣裳部屋へと向かった。

そこではステファンが待っていて、無事に帰ってきた二人にホッと胸を撫で下ろしていた。

マントがないことを訊かれ、事情を説明するとお小言が始まった。

「このような危ないことは、本当におやめくださいませ。そもそも『義賊になる』とおっしゃられた十八の時に、わたくしがもっと強くお止めしていれば……」

けれども慣れている様子のアッシュロードは、お小言を聞き流しながらシャツとズボンに着替える。

ノエルも着ていたパジャマに着替えると、今日は疲れた……というアッシュロードに腕を引かれて、彼の寝室へと二人で戻った。

「精霊の鈴は、ここへ入れておくといい」

そう言って、革の小さな巾着を渡されて、ノエルは大事にそこにしまった。そして鍵がかかる、アッシュロードの机の引き出しにしまう。

「今日は本当にありがとうございました。これで精霊の国の結界も、正常化されると思います。僕ひとりの力では、きっと精霊の鈴を手に入れることはできなかった」

「そう思うなら、一緒に風呂に入って、俺の身体を流してくれるか？」

「えっ！」

ニヤッと笑った彼に、ノエルは耳たぶまで真っ赤に染まる。

「嘘だよ。今夜は本当に疲れた。俺も、お前にちょっかいを出すほどの元気がない」

ぽんぽんとノエルの頭を撫でると、アッシュロードは自室のバスルームへと消えていった。

その後ろ姿を見て、ノエルはぎゅっと拳《こぶし》を握り締めると、あとを追う。

「あの！　お背中お流しいたします！」

シャワーの栓を捻り、頭から湯を被っていたアッシュロードは、驚きに口を半開きにすると、パジャマと下着を脱いで浴室に入ってきたノエルをぽかんと見つめてきた。

「そなたは、時に大胆だな。本当に」

「ばば様にもそう言われました。でも、自分の選択を信じなさいとも言われました。僕の選択は何ひとつ間違っていない。なんでも上手くいく人生だからと」

「で、俺の背中を流すという選択も、間違っていないと？」

「はい。感謝はやっぱり、形にして表さなきゃって思いました！」

ノエルは海綿を手に取ると、石鹸《せっけん》をたっぷりと擦《こす》りつけて、アッシュロードの背中をごしごしと洗い出した。

「僕もいっぱい汗かいたから……こうしてお風呂に入れて、嬉しいです」

彼は背中まで日に焼けていて、鍛錬の時は上半身裸で行っているのだろうと、ノエルは推察した。けれども最近は黒竜のせいで天候が悪く、今日のように晴れている日の方が少ない。

「!?」

その時。目の端に入ったものを、ノエルは思わず二度見してしまった。あれほど疲れたと言っていたのに、アッシュロードの性器は見事に勃起していたのだ。

「安心しろ。これは疲れマラだ。お前の裸に勃起したわけじゃない……たぶん」

「そうですよね。疲れた時も、男の人なら勃っちゃいますよね」

「ノエルもそうか？」

訊ねられ、素直に答えた。

「はい。そこまで疲れることはめったにないですけど。でも時々あります」

「……ヤバい。そんなところを想像したら、余計に硬くなった」

「はい？」

彼の言葉を理解する前に、腰を抱かれて向かい合わされた。

「少しだけだ。お前も気持ち良くしてやる」

「ちょ……っ、あの、あっ！」

性器同士をアッシュロードの手中に収められ、石鹸で滑りがよくなったそれを、同時に扱かれた。

「……んっ」

彼の熱を性器越しに感じて、ノエルの身体は羞恥《しゅうち》と快感から火照り始め、呼吸もだんだん荒くなっていく。

なんの兆しもなかったそれは芯を持ち始め、いつの間にかアッシュロードのものと同じぐらいの硬さになっていた。

「あ、やだ……んっ」

先日の口淫の時は間近で目にすることのなかった淫猥《いんわい》な行為が、今はダイレクトに視界に入ってくる。

アッシュロードのそれはノエルの倍以上あって、こうして比べてみると、大人と子どもの差ぐらいあった。身長差も二十センチ以上あるので、性器の大きさがこれぐらい違うのも当然なのかもしれない。

「んんっ……やっ、あっ」

親指で先端を撫でられて、腰がびくびくっと跳ねた。

二人のものを握るようにされて、その上からアッシュロードが手を添えてきた。

そうして再び上下に扱かれて、まるで自慰をしているような羞恥に囚《とら》われる。

「ふ……んっ、やぁ……」

彼の肩に頭を擦りつけて、身体を大きく痙攣《けいれん》させながらノエルは果てた。と同時に、アッシュロードも決して少なくない量を、ノエルの腹に射精した。

荒い呼吸をついていると、強く抱き締められた。

彼もまた肩で息をしていて、しばらく二人の息遣いだけがバスルームに響く。

「やっぱり、ノエルとするのは気持ちがいい。気持ちがいいというか……これまでにないほど心が満たされる」

「アッシュロード様……」

「ノエルはどうだ？　俺とするのは嫌か？　まだ好きにはなれないか？」

「…………」

この時、ノエルは彼の問いに答えることができなかった。

アッシュロードのことは、たぶん好きだ。いや、大好きだと思う。

しかし彼を愛するということは、精霊の国を捨て、人間界で生きるということだ。

その覚悟がまだ、ノエルの中で決まりきっていなかった。

穏やかな生活を、のんびりとした時の流れを……そして仲間を。ノエルは捨て去ることができなかったのだ。

その後二人で身体を洗い合い、一緒にベッドに入った。

抱き締められると、ノエルは今夜の大捕物があったせいか、あっという間に眠りについた。

愛しい愛しい男の胸の中で。

黒竜が天から大群でやってきて、王都から北東にある小さな町を襲い、住民の三分の一が食べられたという情報が入ったのは、今朝のことだった。

アッシュロードはこの事態に、すぐに軍隊を派遣し、情報収集に努めるよう命令を出した。

＊＊＊

天気は今日も雨だ。

時折稲光が光り、激しい雨が降り、決して良好な天気とは言えない。

「これが、黒竜に支配された国の姿なのか？」

執務室から窓の外を眺め、アッシュロードはきつく眉間《みけん》に皺《しわ》を寄せた。

アリステリア王国の真裏にあった国は、黒竜によって滅ぼされたという。

それまでは水も緑も大地も豊かな、それは美しい国だったと聞いた。しかし、庇護《ひご》する竜が黒竜に滅ぼされ、美しかった国は激変したそうだ。

エーテルを吸い尽くされたおかげで、豊かだった大地は枯れ果て、緑も消え、鉱物も減り、水は凶器となって人々の生活を脅かす存在となった。

そして黒竜に弄《もてあそ》ばれるようにして、じわりじわりとその国は滅亡していったらしい。

「アリステリアを滅亡させるようなことは、絶対にさせない！」

固い意志を持って口にしたが、それではどのようにして、黒竜から我が国を守ればいいのだろう？

アッシュロードは悩んでいた。

どうすれば黒竜を撃退し、この国から一匹残らず追い出すことができるのか？　と。

「アッシュロード様、温かいお茶をお持ちしました」

「すまないな、ノエル。ありがとう」

最近、ちょこちょこっと執務室にも顔を出すようになったノエルに、アッシュロードは相好を崩した。

「このお茶、ファノーブル侯爵夫人がくださったんですけれど、とってもいい香りがして美味しいので、アッシュロード様にも飲んでいただきたくて」

「ファノーブル侯爵夫人と仲良くなったのか？　あの気難し屋の？」

「気難しい方なんですか？　僕はすぐに友達になれましたよ？」

カートから、運んできたカップアンドソーサーを机の上に置いて紅茶を注ぐと、ノエルは令嬢姉妹のお手製だという、ティーポットカバーをポットに被せた。

「お前の社交術はたいしたものだな。社交界でも十分やっていけるんじゃないか？」

「僕はあのような、煌《きら》びやかな場所は苦手なので」

「そうなのか？」

「はい」

「じゃあ俺と一緒だな」

さらりと口にすると、ノエルは濃紺の瞳をぱちくりさせた。

「アッシュロード様は、社交界の華じゃないですか！　全然苦手そうに見えませんでしたけど」

「苦手に見えないようにするのが、コツなんだ」

こうしてノエルと話をしていると、心が安らいでいく。

胸の奥底に溜まった澱《おり》のようなものが、綺麗に浄化されていくのがわかる。

ノエルに出会うまで、心の底から本当に笑ったのはいつだっただろうか。

それほど彼の存在は、アッシュロードに安らぎを与え、その笑顔に癒されていた。

「雨……」

「ん？」

芳しい紅茶に口をつけていると、ノエルは窓際に立ち、大粒の雨が打ちつける窓ガラスに触れた。

「いつになったら止《や》むんでしょうね」

「そうだな。毎日毎日こんな土砂降りでは、精霊の国にも行けないな」

「はい。せっかく鈴を手に入れたのに……」

白猫メルの大捕物からもう一週間も経っていた。

本来ならばすぐにでも精霊の国へ行って、結界の歪《ゆが》みを直したいのに、ずっと土砂降りの雨が続いていて、馬を八時間も走らせるのは、困難な状況だった。

「明日は止むといいな……」

祈るように手を組んで、ノエルは灰色の空を見上げた。

「そうだな」

アッシュロードは立ち上がると、不安そうに眉を下げているノエルを、背後から優しく抱き締めた。

＊＊＊

ノエルの願いが黒竜に伝わったのか、次の日は、晴天に恵まれた。

いつでも精霊の国へ旅立つことができるよう準備していた陸軍隊は、馬を出し、兵も準備させ、万全の状態で待機していた。

「サーヤさん！　それにグレーズドさんも！」

「はぁい！　私はノエルの主治医でもあるからね。出産日も近いことだし、いつ何があってもいいように付き添いよ。グレーズドは私のおまけ」

サーヤがそう言うと、なんの不平不満もないのか、大きなリュックを背負ったグレーズドは、おとなしく頷いた。

「一度精霊の国を見てみたかったんだ。それに赤竜の赤ん坊も」

「そうだ、ノエルは身重なんだ。よろしく頼むぞ。サーヤ、グレーズド」

動きやすいカーキ色の軍服姿に着替えたアッシュロードは、同じくカーキ色の軍服を着ているノエルの肩を抱くと、満面の笑みを浮かべた。

最近、腹の中の子たちも活発さを増し、その成長を楽しみにしているアッシュロードは、暇さえあればノエルの部屋へやってきて、腹を触ってくる。

「お、今日も元気に暴れ回っているな？」

「そうなんです……今朝から兄弟げんかでもしているのか、ポコポコポコポコお腹を蹴ったり叩いたり……」

「こら、お前たち。あまり母上を困らせるんじゃないぞ。――あぁ、楽しみだな。一体どんな子が生まれてくるんだろう」

自身があまり家庭環境に恵まれていなかった……と時々零《こぼ》すアッシュロードは、ノエルと双子の赤竜の赤ん坊と、家族にでもなるつもりなのだろうか？

しかし、赤竜の赤ん坊の本当の母親はファルタであり、ほんの一ヶ月だけノエルが身体を貸してあげているに過ぎない。

それでもアッシュロードは、まるで自分の子どものように、ノエルの腹の子たちを可愛がる。

これがもし、本当にアッシュロードの子どもだったら、彼はどんなに喜ぶだろう？　そしてどれだけ良き父親になるだろう。

そんなことを考えて、ノエルの胸はきゅんとした。自分も愛しいと思う我が子を、愛しいと思うアッシュロードがこの上なく愛してくれたら、これ以上の幸せはないと。

「それでは出発いたします。サーヤ先生とグレーズドさんは後ろの馬へ。アッシュロード様とノエル様はこちらの馬へご騎乗ください」

アーサーの言葉に従って、ノエルはいつぞやの白い馬に跨《また》がった。

「わぁ！　久しぶりだね。元気にしてた？」

頭を撫で、首に抱きつくと、鬣《たてがみ》を丁寧に編み込みされた白い馬は、嬉しそうにぶるるんっと鳴いた。

そしてノエルのすぐ後ろにアッシュロードが乗り、手綱を握る。

「僕、ひとりで馬に乗れますよ？」

振り仰ぐようにアッシュロードを見ると、彼は「これでいいんだ」と言った。

「身重のそなたの体調が気になる。それに眠くなったら、いつでも俺の腕の中で寝るといい。無理はするな」

「はい」

（ファルタの子どもなのに、ここまで優しいんだもの。本当の自分の子どもだったら、もっともっと優しくなるのかな？）

隊列は出発し、昨日までの雨が嘘のような晴天の中を進んだ。

季節はすっかり秋めいていて、時の移ろいを感じさせる。

（ばば様やシーナやみんなは無事かな？）

そのことばかりが頭の中を巡って、不安でいると、腹の中の二匹の竜が優しくとくんとくん……と脈動を始めた。

まるで、不安でいっぱいのノエルを慰めるように。

「ありがとう、双子ちゃん」

「名前をつけないとな」

腹を擦るノエルに、アッシュロードが言った。

「気が早いですよ。まだ女の子か男の子かもわからないのに」

『お腹の子は、男の子と女の子よ』

「えっ！　そうなの？」

ファルタの言葉に、ノエルとアッシュロードは目を見合わせた。

「これで名前がつけられるな」

嬉しそうなアッシュロードに、ノエルはファルタに意見を求めた。

「本当にアッシュロード様が、ファルタの赤ちゃんに、名前をつけちゃってもいいの？」

『むしろこちらからお願いしたいくらいだわ。だって、王子様が名前を授けてくださるのよ？　これ以上の誉れはないわ』

「――ということだ、ノエル。実はな、もういくつか候補があって……」

「候補まであるんですか？」

驚くノエルに、アッシュロードはにこやかに応えた。

「執務の間にな、いろんな神話や創世記を読んで。それで一番良いと思った勇敢な神と、豊穣《ほうじょう》の女神の名前をつけようと思った」

「神様の名前ですか？」

「あぁ、赤竜の子だ。神の名を拝戴《はいたい》しても、きっと許されるだろう」

「それでどんな名前なんですか？」

ワクワクしながら訊ねたが、アッシュロードはもったいぶって、なかなか教えてくれない。

途中の宿で休憩と食事をとり、再びアッシュロード一行は隊長のアーサーを先頭に精霊の国を目指した。

もう決めたという双子の名前を、何度訊いても教えてくれないので、ノエルが諦めかけた時だった。

「ウォルフラムとリリアーノという名はどうだ？」

「それって、アッシュロード様が考えた、双子ちゃんの名前ですか？」

「そうだ。気高く勇ましい闘神ウォルフラムと、穏やかで優しい豊穣の女神リリアーノから拝戴した。どうだ？　ノエル」

「ウォルフラムとリリアーノ……とっても、とっても素敵な名前だと思います！」

嚙《か》み締めるように名前を口にしたノエルは、アッシュロードがつけた双子の名前がとても気に入った。

「ウォルフラム、リリアーノ。精霊の国はもうすぐだからね。もうちょっとお馬さんに揺られるのを、我慢してね」

双子も名前を気に入ったのか、急に腹の中でくるくると回り出し、ぽこぽこぽこっとリズムを刻むように腹を叩いた。

「――アッシュロード様。着きました」

「そうだな」

三週間ほど前、アッシュロードに助けられた野原はあの時のままで、竜の死骸《しがい》はすべてなくなっていた。

「竜の死骸はどこへ行ってしまったのでしょう？　腐敗して溶けてしまうまで、もっと時間がかかるはずなのに……」

腐敗臭もしないこの現状に、ノエルは恐ろしいものを感じた。

するとアーサーが「見張りの者の話によりますと……」と、重たい表情で口を開いた。

「我々がここを去ったあと、黒竜の大群が下りてきて、赤竜の死骸も黒竜の死骸も関係なく、すべて骨まで食べてしまったということです」

「…………っ！」

あまりに無残な話に、ノエルは口元に手を当てたまま、何も言えなくなってしまった。

アッシュロードも驚きに目を見張ると、気分を害したように吐き捨てる。

「黒竜というのは、仲間の死骸も食べるのか」

「はい、実に貪欲《どんよく》で残忍な竜かと」

「そんな奴らに、我がアリステリア王国を明け渡すわけにはいかないいな」

「まったくです」

アーサーもそれを危惧《きぐ》しているのか、土石流で土が流され、山が抉《えぐ》れた状態の野原を見つめながら頷いた。

「さぁ、ノエル。精霊の鈴は持ってきたな」

「はい！」

アッシュロードに手伝ってもらい、そっと馬から降ろされたノエルは、ズボンのポケットから精霊の鈴を取り出した。

そして革の袋から出して深呼吸すると、チリンチリン……と山道へ向けて鳴らした。

途端。その音は山中に木霊《こだま》し、何倍もの波紋となって山に響き渡った。

そして急に視界がうねり出したかと思うと、これまで樹木に隠れて見えなかった道が現れ、自然の木が織りなす精霊の国への回廊が出現した。

「精霊の国だぁ……」

安堵と懐かしさから、ノエルの目に涙が滲《にじ》んだ。

そして一歩踏み出すと正常化した結界により、また道が塞がりそうになった。

ノエルはアッシュロードとアーサーと、こちらに向かって全速力で駆けてきたサーヤとグレーズドを慌てて引き摺り込むと、こてんと尻《しり》もちをついた。

「我々は精霊の国へ行ってくる！　隊員たちはここでおとなしく待つように！」

声を張り上げてアーサーが命令を出すと、開いていた道は、パタンと音を立てるかのように、元の鬱蒼《うっそう》とした森へと戻ってしまった。

他者を寄せつけないとばかりに。

＊＊＊

生まれて初めて足を踏み入れた精霊の国は、人間が住む世界とはまったく異なっていた。

木々の間から零れる日差しは白くて柔らかく、キラキラと金色の粉が鱗粉のように舞い、すべての色が滲んだ水彩画のように美しくて、世界全体が淡く、優しく、そして儚《はかな》く見えた。

　この景色にしばらく目を奪われていると、ノエルは誰かを見つけたのか、白い鉱石で造られた立派な城の前で待つ、老女と少女たちに駆け寄った。

「ばば様〜っ！」

「ノエル、よく帰ってきたねぇ。無事だったかい？　心配したんだよ」

「あの時は、ごめんなさい。突然お屋敷を飛び出して……」

「もういいんだよ。ところでノエル、あの方たちは？」

「僕が人間界で、お世話になってる人たちだよ。とっても良い人たちだから、安心して」

　そう言うと、今なお呆然《ぼうぜん》と立ち尽くしているアッシュロードのもとへ駆けてきたノエルは、その手を掴んで『ばば様』と呼んでいた老女のもとまで連れていく。

「こちらの方は……」

　紹介しようとした時だった。

「アッシュロード・サイオン・アリスタリア王子殿下だろう？　まぁまぁ大きく立派になられて」

「なぜ私のことを？」

　不思議に思って訊ねると、杖《つえ》をつき、細かな刺繍《ししゅう》の入った麻のワンピースを着た彼女は、ふふふ……と穏やかに笑った。

「まだそなたの父上が良き王であった頃、私も親交があってね。幼い日のそなたを何度も見ていたんだよ」

「そうだったんですか……」

「そなたの母上は精霊だった。それでも父上のアーノルドと激しい恋に落ちてね。精霊の国を出ていき、彼と結ばれて人間になることを望んだんだよ」

「私の母上が精霊⁉」

「そうだよ。元はノエルと同じ、ブルーローズの精霊だったのさ。『夢叶《かな》う』・『神の祝福』という二つの言霊を持つ特別な精霊だった」

この話にノエルはひどく驚いたように、口元に手を当てていた。

しかし、誰よりも何よりも驚いたのは、アッシュロード本人だった。

「そなたの母親のメイリンには、私の跡を継いで、この国を守っていってもらおうと思っていたんだよ。でもメイリンは精霊として生きるよりも、惚れた国王のそばで一生をまっとうすることを選んだ」

「そうだったんですか……そのお話を聞いて、納得いく点がいくつかあります」

アッシュロードは霞《かすみ》がかった白く明るい空を見上げながら、羽ばたく鳥たちに目をやった。

「母上は、自分が亡くなるまで、精霊であったことは言わなかった。でも住んでいた後宮の壁画は、精霊の国そのもので……きっと故郷を懐かしんで、画家に描かせたんだと思います」

「そうかい、そうかい。一度都落ちした精霊は、二度とここには帰ってこられないからねぇ」

「どうしてなの？　ばば様。どうして都落ちすると精霊の国には帰ってこられなくなるの？」

「それは身体が人間になってしまうからだよ。精霊の国の結界は、今回のような特別なことがない限り、人間は入れない。だからこの森をどんなに彷徨《さまよ》っても、一度人間になってしまった精霊は、結界を潜ることはできないんだ」

「そうなんだ」

零すように口にしたノエルは、何か深く考え込んでいるようだった。

それからアッシュロードとノエル、アーサーとサーヤとグレーズドは、城の中へ案内された。

城の中も真っ白な鉱石で造られており、まるで角砂糖の城のようだとアッシュロードは思った。そうして美しい絨毯《じゅうたん》が敷かれた応接室に、五人と長《おさ》は腰を下ろした。

「ばば様、精霊の国は黒竜の被害を受けなかったの？」

「あぁ、なんとかね。何十にも張った結界が役に立ったんだね。雷ひとつ落ちてはこなかったよ」

「本当に！　それはよかった！　でもね、ばば様。アリステリア王国は黒竜に乗っ取られて、今大変なんだよ」

ノエルは今、人間界で起きている異常気象やエーテルの揺らぎ、そして、先日東北の町が襲われ、三分の一の町民が黒竜に食べられてしまった話をした。

「奴らは、乱暴者で気性も荒い。それに人間と共存する気がまったくないからね」

「どうしたらいいんだろう？　ばば様」

「竜は、その一族の王や女王が行く場所に、必ずついていくという習性があるんだ。だから黒竜の王を、この世の果てへ封じ込めるしか手はないだろうね」

「この世の……果て……」

ノエルが呟いた時だった。

「いたっ……」

突然腹を抱えてアッシュロードに縋《すが》ったかと思うと、ノエルはそのまま身体をくの字に曲げて、起き上がれなくなってしまった。

「どうしたの、ノエル！」

サーヤがノエルの脈を測り始めると、グレーズドは背負っていた大きなリュックをサーヤに差し出した。

彼が背負っていたものは、すべて彼女の使い慣れた医療器具だったのだ。

聴診器を耳に嵌《は》め、お腹の音を聞いたサーヤは、ノエルがお腹の痛みを訴える間隔を時計で測定し始めた。

「もしかして、ノエルは妊娠しているのかい？」

慌てた長の言葉に、サーヤは大きく頷いた。

「わたくしはサーヤ・ロベルトと申します。ノエルの担当医師です。ノエルは今現在、赤竜の女王から托《たく》された卵をお腹の中に宿しています」

「それは大変だ！」

長は少女たちに命令し、城中の女性を集めてくるように言った。

「それでノエルは、いつからお腹が痛かったの？」

「お馬さんに……乗ってる時からなんとなく……」

「どうして早く言わなかったの！」

サーヤに叱《しか》られたが、ノエルは鈍いこの腹痛が、陣痛だとは思わなかったのだ。

「昨日……お夜食に食べたサーモンのサンドイッチがあたったのかなって。そう思ってたから……」

「まぁ、呆《あき》れた。そんな腐ったものを、王城の料理長が出すわけないでしょ！」

「うん……」

「で、お産は始まりそうなのかい？」

「たぶん、そろそろ始まりそうなのかい？」

「わかった。お前たち、産婆も呼んでおいで。それと清潔な布とお湯を大量に用意するんだよ」

「「はい」」

長に仕えていた少女たちは、命令された通りに動き出した。

そして手伝いの女性たちが応接室に入ってくると、アッシュロードをはじめとした男性陣は外に出されてしまう。

「ここからは女の戦場です。殿方は隣のお部屋でお待ちください！」

そうは言われたものの、急に始まったノエルのお産が気が気でないアッシュロードは、柔らかな布団が運ばれてきたり、綺麗なお湯が用意されたり、大量の木綿の布が部屋に持ち込まれる様子に、ただアワアワするしかなかった。

「アッシュロード様、ここは言われた通り、隣の部屋でおとなしく待っていましょう」

お産の時、男は何もできないものです……と、息子がひとりいるアーサーに言われ、アッシュロードは仕方なく隣の部屋へ入った。

ウォルフラムとリリアーノと名付けた双子の竜が、無事に生まれることを祈って……。

第六章　撃退と幸福

お産というのは想像を絶するほど大変で、痛くて、しんどくて、意識も飛び飛びになり、時に発狂しそうになったり、誰にも触れてほしくないほど過敏になったりした。

そうして何時間もかかって出会えた赤ちゃんに、「可愛い」という言葉以外、なんと声をかけていいのか、ノエルにはわからなかった。

薄い皮膜の卵に包まれて生まれてきた二匹の赤竜の赤ちゃんは、生まれた時から立派な竜の姿をしていた。

赤いガーネットの鱗を持ち、小さな前脚と後ろ脚があり、瞳の色は母親譲りの金色で、背中には一丁前に羽まで生えている。

「こんにちは、初めまして。君たちにずっと会いたかったよ」

玉のような汗を額に浮かべ、それを手伝いの少女に拭かれた時、ノエルの目からは感動と感謝の涙が零れていた。

無事に生まれてきてくれて、ありがとう……と。

『三白眼で吊《つ》り目の方がウォルフラムで、穏やかな顔つきをしている方がリリアーノね』

竜は性別がわかりにくいらしい。心の中で響くファルタの声も、涙に濡れている。

『生きている間に、何十回と卵を産んできたけれど、毎回出会えた子たちには感謝してきたわ。私の子どもとして生まれてきてくれて、ありがとうって』

「そうだね、ファルタ。僕、今すっごくそれを感じてる。自分の子どもじゃないのにね。でも愛しくて、可愛くて……とにかく大好きって思ってる」

「ノエル！　双子が生まれたとは誠か⁉」

知らせを聞いて、アッシュロードはつんのめるようにして応接室へ入ってきた。

「ちょっと、アッシュロード様。声が大きいわよ」

サーヤの言葉に、その場にいた女性たちがクスクスと笑った。

周囲ではお産の後片付けが始まり、急遽応接室に敷かれた柔らかな布団の上には、ノエルと、キューイキューイと泣き続けるウォルフラム。そしてあくびをしながらすやすやと眠るリリアーノの、ひとりと二匹が眠っていた。

「可愛いなぁ……」

ノエルの枕元に、緊張した足取りでやってきたアッシュロードは、その場にしゃがみ込むと、二匹の赤ちゃん竜を見つめた。

「泣いている方がウォルフラムで、よく眠っている方がリリアーノです」

「そうか。ウォルフラムは泣き虫で、リリアーノは肝が据わってるんだな」

微笑みながら、アッシュロードは「洗ったぞ！」と言った指で、ウォルフラムとリリアーノの頬を突いた。

「あはは、さすが竜だ。鱗が硬いな」

笑ったアッシュロードの目にも、うっすらと涙が浮かんでいた。

『ノエル、私の代わりに最後の子どもたちを産んでくれて、本当にありがとう』

「とんでもない。素敵な経験をさせてもらったよ……でも、とってもお産は大変だったから、しばらくはいいかなって思うけど」

苦笑交じりの言葉に、医療器具を片付けながらサーヤが言う。

「お産って不思議でね。その時に感じた痛みや苦しさをすぐに忘れてしまうの。そのおかげでね『また赤ちゃんがほしいなぁ』って、思うようになってるのよ」

「そうなんですか？　だったら僕は、しばらくしたら『アッシュロード様の赤ちゃんがほしいなぁ』って思うようになるんですか？」

「ノエル……」

感動したのか、アイスブルーの瞳を見開いて、彼は熱い眼差しでノエルを見つめた。

「わかりませんよ！　今のは例えですからね！」

うっかり口をついて出た言葉を、ノエルは慌てて誤魔化《ごまか》した。

「いや、今確かに俺の子どもがほしいって言った！　しっかり聞いたぞ！　グレーズドとアーサーも証人だ」

いつの間にかアッシュロードの後ろから双子竜を覗いていた男たちは、突然話を振られて、こくこくと頷いた。

「子どもはいいねぇ。周囲を明るくしてくれる。それに心を成長させてくれるからねぇ」

長の言葉に、ノエルは「そうですね」と答えた。

このお産を乗り切ったことで、ノエルは一皮剝《む》けた気がした。

そして精霊として、さらに心が強くなった気がしたのだ。

この日、男性たちは樽酒《たるざけ》を飲み、一晩中ウォルフラムとリリアーノの誕生を祝った。

女性たちもおしゃれをして集まって、お酒を嗜みながら、双子竜の誕生話に花を咲かせた。

出産を終えたばかりのノエルはぐっすりと眠り、長とサーヤは、双子竜にエーテルの泉の水を飲ませた。

そうすることによって、強い竜に成長するのだと、ファルタが教えてくれたからだ。

もうこの世に肉体はないけれど、ファルタはやはり双子竜の母親なのだな……とノエルは強く感じたのだった。

＊＊＊

不思議なことに、昨日あんなにもしんどくて、苦しい陣痛を経験して出産したというのに、翌日ノエルの身体は元通りに回復していた。

もともと竜の赤ん坊は小さく生まれてくる。女性の二の腕ほどの大きさしかない。だから陣痛は来ても、身体への負担は少ないので、ノエルは翌日から元気に動くことができた。

しかも精霊の国と、人間界では時の流れがまったく違う。

精霊の国の時間は、人間界にとって短かったり長かったりと伸縮するので、ノエルたちが双子竜を連れて一行のもとに戻った時、時間はたったの三時間しか経っていなかった。

このことに、精霊の国で丸一日過ごしたはずのアッシュロードやアーサーは、ただただ驚いていた。

サーヤとグレーズドに至っては、難しい数式を地面に書いて、時の歪みについて解き出したが、時間の長短を表すことができなくて、首を捻っていた。

しかし、鈴のおかげで精霊に国の結界も正常化し、また平和な日常を取り戻すことができたかというと、そうではない。

黒竜たちがエーテルが溢れ出る泉を狙《ねら》って、精霊の国へ何度も襲撃を仕掛けてきていたのだ。

「今ここに、赤竜の子どもたちを置いておくのは危ないよ。何せ次の王か王女になるかもしれない存在だからね。黒竜に知られたら、殺されてしまうかもしれないよ」

長に言われ、ノエルたちはやはり軍事力では優れている王都で、双子竜を育てることにした。

そして、ノエルが精霊の国へ帰るかどうかは、もう少し双子竜が大きくなってから判断することにした。

まだ幼い双子には、母親（といっても代理母だが）が必要だと判断したからだ。

こうしてノエルと双子竜を連れて、アーサー率いる陸軍隊一行は、王都へ戻ったのだった。

＊＊＊

その日の夜、アッシュロードとアーサーは阿片の香りが漂う後宮にいた。

儀仗兵《ぎじょうへい》が守る扉を潜り抜けると、そこにはすっかり魂を抜かれ、亡き妻の亡霊に取りつかれた父親……アーノルドの姿があった。

「父上」

大勢の女性に囲まれたアーノルドは、何ひとつ言葉を発しない。

ただ空を見つめ、ぼんやりと夢の世界を彷徨っている。

それでも構わないと、アッシュロードは言葉を続けた。

「父上。私の母上は、精霊だったのですね」

「………」

この問いに返事はなく、アッシュロードは近くにあった椅子《いす》に座ると、昨日の出来事をアーノルドに話した。一緒に連れてきたアーサーは、ただ静かにアッシュロードと国王の会話を聞いている。

「ノエルは昨夜《ゆうべ》、精霊の国で無事に竜の双子を産みました。名前は、父上が昔よく話してくれた神話から取って、ウォルフラムとリリアーノと名づけました。とても可愛らしい、元気な男の子と女の子です」

「ウォルフラムと……リリアーノ……」

やっと夢の国から帰ってきたのか、アーノルドは息子とアーサーに判然としない視線を向けた。

「そうです。その際に精霊の長に会って、母上のことを聞きました。もとは精霊だったこと。父上と激しい恋に落ち、人間になることを選んだこと」

「メイリン……可愛い、儂《わし》のメイリン……」

アーノルドは腕を伸ばすと、何もない空をぎゅっと摑んだ。

「私も精霊の国へ行きました。そして気づいたのです。後宮の壁画が、精霊の国にそっくりだということに。あの壁画は、父上が少しでも母上の郷愁を慰めるため、画家たちに描かせた精霊の国だったんですね」

「……メイリンは、本当に優しい女だった。慈悲深くて、おおらかで明るくて。儂にはもったいないほどいい女だった……」

言葉にした途端、アーノルドの片目から一筋の涙が零れた。

もう母親のメイリンが亡くなって十年も経つ。

それなのにここまで愛されて、天国の母親は幸せだろう。

それと同時に、今のアーノルドを見て嘆いてもいるだろう。

「父上、私は命を懸けて双子を産んだ、ノエルの笑顔を見て強く思いました。この幸せな笑顔は絶対に守らなければいけない。それと同時に、国民にもこの笑顔を取り戻してもらいたい――」

そう言うとアッシュロードは立ち上がり、銀色に光るサーベルを抜き取った。

「私は、父上が本当に大好きでした。強くて、勇敢で優しくて。いつも国民のことを一番に考えて政治を行うあなたは、私の憧《あこが》れであり誇りでした。でも今は違う。それは当人である父上が、一番わかっているはずです」

ゆっくりと父親が横たわるローベッドに近づくと、アッシュロードはサーベルの切っ先をアーノルドの首元に突きつけた。

「父上。国王の座を私にお譲りください。いつかは良き王に……昔のあなたに戻ってくれると信じてやってきましたが、父上はもう良き王には戻れない。国民を思い、善政を敷いていたアーノルド・エクスフォリア・アリスタリアは、母上とともに死んだのです」

「……泣いているのか？　我が息子よ」

アッシュロードはアーノルドに指摘されて、初めて涙を流していたことに気づいた。

しかし、その涙を拭おうとは思わなかった。

これが今の……ありのままの自分の姿であり、自分の思いなのだから。

「さぁ、父上。ここで宣言なさってください。国王の座を息子のアッシュロードに譲ると。

立会人は陸軍隊隊長のアーサー・コーンウェル准将です」

「なんだ。そこにいたのは泣き虫のアーサーだったか。立派になったな……」

「はっ」

踵を鳴らして、アーサーはアーノルドに敬礼した。

「さぁ、父上。この剣があなたの首を切ってしまう前に、私に王位を……っ」

涙に濡れたアッシュロードの声は、もうこれ以上言葉にならなかった。

するとアーノルドはゆっくりと起き上がり、顔を逸《そ》らして泣き声を堪《こら》える息子を抱き締めた。

「おぬしには苦労をかけたな、アッシュ。もう儂の身体はボロボロだ。心もな。政治など到底行えない」

大好きだった父の手はまだ大きく、そして弱々しかった。

「王位をお前に譲ろう、アッシュ。私がだめにしてしまったアリステリア王国を、よろしく頼む」

「はい……」

こうしてアーサー・コーンウェル准将立会のもと、王位はアッシュロード・サイオン・アリスタリアに譲られたのだった。

＊＊＊

双子竜は、王城に戻ってからもすくすくと育った。

赤竜は水以外口にすることはなく、あとは大地から溢れ出るエーテルを吸って生きている。

だから双子の竜も水以外はほしがらず、この地で得られるエーテルを吸って成長していた。

しかも、竜の成長は早い。

長生きだと知っていたので、成長もゆっくりなのかと考えていたら、子どもから大人になるまでは成長が早く、成竜になってからの方が人生は長いのだという。

ウォルフラムとリリアーノは、王城へ帰ってきてから一ヶ月で空を飛び出した。

二ヶ月後には言葉を話し、三ヶ月後には火を吐くようになった。

ウォルフラムが最初に覚えた言葉は、「ノエル」だった。

リリアーノが最初に覚えた言葉は、「アッシュロード」だった。

二匹はまるでノエルとアッシュロードの子どものように育ち、その愛らしさから、王城内でもアイドル的存在となった。

ウッディー令嬢姉妹も双子竜の魅力にメロメロで、よく庭に連れていっては遊んでくれた。

幸い黒竜に見つかることもなく、彼らが生まれてもうすぐ半年が経とうとしていた。

このまま何事もなく、二匹が成竜になってくれれば……。

それが今の、ノエルとアッシュロードの願いだった。

しかし、神はそんなささやかな願いすら叶えてはくれなかったのだ。

『――母上、黒竜が来た』

「えっ？」

いつもノエルの肩に乗っているリリアーノが、ある日空を見上げて言った。

『父上、黒竜が城を攻めてくる』

「なんだと⁉」

普段から、アッシュロードの腕に摑まっているウォルフラムが、同じく空を見上げて口にした。

それはいつもと変わらない朝だった。

食堂室で食事をとっていた時だ。

曇り空か、雨空がすっかり当たり前になってしまったアリステリア王国は、天界のほとんどを黒竜に占拠されている状況だった。

襲われる村や町も増え、その対策に新米国王であるアッシュロードは、日々頭を悩ませていた。

しかしこれまで幸いにも、王都は襲われなかったのに……。

双子竜は、「自分たちの存在が知れて、黒竜の王が攻めてくる」というのだ。

今日中にも。

アッシュロードの命令で、王都にあるすべての軍事施設は臨戦態勢に入った。

国民には王都から逃げるよう指示を出し、陸軍隊以外の隊は国民を王都から郊外へ逃がすことに専念した。

しかし、いくら軍事力を誇るアリステリア王国でも、竜と戦ったことはない。どれだけ戦況が過酷化し、勝算がいくらあるのかもわからない。

「本当に黒竜が攻めてくるのか？」

国王になってまだ半年のアッシュロードの言葉に、否定的な幹部もいた。完全に茶番だと舐めてかかっている者もいる。

しかし作戦会議室では、真剣に「黒竜が攻めてくる」前提で話が進められていた。

そこに控えめにドアをノックする音が聞こえて、アッシュロードは「入れ」と声を張り上げた。

するとノエルがひょこっと顔を出し、後ろには令嬢姉妹もいた。

「一体どうした？　ノエル、ウッディー令嬢姉妹」

「大事な会議にお邪魔してしまった無礼を、陳謝いたしますわ」

姉のアリッサが膝を折ると、今度は妹のミザリーが口を開いた。

「ノエル様が大事なことを思い出したので、どうしてもアッシュロード様たちに聞いていただきたいと申しておりまして、私たち姉妹がお連れいたしました」

「大事なこと？」

「あ、はい。とても大事なことなんですけれど……その力が本当に役立つかどうかわからなくて」

もじもじとノエルが答えると、広い机の一番奥に座っていたアッシュロードが顎《あご》をしゃくった。

「よい。申してみろ」

「はい。あの……僕はこれでもブルーローズの精霊として、『特別な存在』として生まれました。言霊という、人間でいうところの超能力のようなものを、二つ持って生まれたからです」

「二つ……」

「えーと、ひとつは『神の祝福』。これはどんな困難に出会っても、乗り越えることができるというものです。そしてもうひとつは、『夢叶う』です」

「『夢叶う』？」

「はい。今の僕の夢は、平和な暮らしをしたいというものです。アッシュロード様や双子のウォルフラムとリリアーノ、そしてお城に勤める皆さんと、これまで通り、幸せな暮らしがしたいだけです」

「そうだな。私もそう思う」

厳しかったアッシュロードの表情が、一瞬だけ柔らかくなった。

それにホッと胸を撫で下ろしてから、ノエルは言葉を続けた。

「なので、この『夢叶う』という力を、使ってみようと思うんです」

「どのようにして？」

「赤竜の女王からは、ただ願えばいい……とアドバイスをもらいました」

「ただ願うだけで黒竜を撃退できるのならば、我々だって願いますよ！」

アッシュロードより年上の陸軍隊少将がからかうように言うと、周囲から笑いが沸き起こった。

「そういう少将は精霊なのか？　それではノエルのように、空を飛んでみてもらおうじゃないか」

厳しい口調でアッシュロードが彼を一睨《ひとにら》みすると、少将はぐっ……と押し黙った。

「わかった、ノエル。そなたの特別な力も使ってみよう」

「ありがとうございます！」

「しかし各隊、気を抜かずに作戦に当たってくれ。竜と戦うのは、我がアリステリア王国創建以来初のことだからな！」

「「はっ！」」

その場にいた全員が若き王に敬礼し、作戦会議は解散となった。

「――で、本当にただ祈ればいいのか？　ノエル」

「たぶん。ファルタはそう言うんですけど……」

『そう心を静かに持って、ただあなたの夢を祈ればいいの。今の平和な生活を守りたい。黒竜を撃退したいと祈るだけでいいのよ』

「なかなか信じられないが、それだけの能力をノエルが持っていることを信じよう」

「はい！　僕、頑張ります」

「それでも黒竜の王を撃退できなかった場合は、一斉攻撃に出る」

「わかりました」

子ども用の小さな天蓋付きのベッドに眠るウォルフラムとリリアーノを眺め、もしかしたらこの寝顔を見られるのも最後かもしれない……と思いながら、ノエルは立ち上がった。

（どんなことをしてでも、自分の命を落としてでもこの子たちを守ろう。それがきっと、赤竜たちの国の再建に繋がるはずだから！）

今、赤竜たちには長となる者がおらず、まとまらない状況だという。

きっとこの二匹が成竜になれば、どちらかが長となり、再びアリステリア王国を平穏な国へと変えてくれるだろう。

双子竜が眠る子ども部屋は令嬢姉妹に任せ、ノエルは部屋を出た。するとアッシュロードもともに出てきて、ノエルが祈る場所に立ち会いたいと言い出したのだ。

「だめですよ！　司令塔となる国王様に何かあったら……！」

「その時は、宰相のアーサーが指揮を取ってくれることになっている。愛しき者だけ戦わせて、自分だけ安全な場所にいるなど、俺にはできない」

「アッシュロード様……」

腕を引かれて強く抱き締められ、身体を離されたと思ったら熱烈なキスをされた。

「生きる時も死ぬ時も一緒だ、ノエル」

真っ直ぐ瞳を見つめられて、ノエルはこくんと頷いた。そして、この時心も決まったのだ。

「申し上げます！　西方の空から、黒竜の大群とみられる黒い帯が、王城に向かって前進してきております」

伝令隊の隊員の言葉に、ノエルは硬く拳を握った。

その肩を、アッシュロードに抱き締められる。

庭に出ると、昼間だというのに空は真っ暗で、台風並みのすごい風が吹いていた。

王城の草木は揺れ、葉も木の実も飛ばされていて、補強してあった一階の窓ガラスが割れている個所もあった。

『見つけたぞ』

腹に響く、野太い声が心の中に響いて、この声が黒竜の王のものだと、ノエルとアッシュロードは頷き合った。

『か弱き人間ども、どこだ？　どこに赤竜の女王の子どもを隠した？』

そう言って大きな顔が迫ってきた時、バチーンッという火花が上空で散って、ノエルはアッシュロードに守られる形で抱き締められた。

『小賢《こざか》しい。ここにも精霊の結界が張ってあるのか！』

一際身体が大きな黒竜の王は、忌々しげに舌打ちをした。

「王城には簡単に入らせない！」

ノエルが叫ぶと、にたりと黒竜の王が笑った。

『こんな結界など、すぐに壊してやるわ。お前たち、体当たりしてこの結界を壊せ！』

王の命令に、黒竜たちがどんどん身体を体当たりさせてくる。そのたびに大きな火花が散って、結界がピシリピシリ……と悲鳴を上げる。

「さぁ、ノエル！　祈ってくれ！　みんなのために！」

「はい！」

ノエルは大きく息を吸って手を組んだ。

そしてその場に跪くと、懸命に祈りを捧げた。

（お願いです、ブルーローズの神様。僕たちから、平和な日常を取り上げないでください。どうか黒竜の王を、この世の一番深いところに封印してください！）

ノエルは祈りながら、これまでのことを思い出していた。

エーテルの泉から生まれた時のこと。

シーナとともに生活を始めた時のこと。

野原を駆け巡り、土の匂いを嗅いで、毎日珍しい花を探したこと。

そして、ファルタと出会った時のこと――。

ノエルの胸の中にたくさんの感情が溢れてきて、急に身体が熱くなり始めた。

そしてアッシュロードと出会った日のことを思い出し、彼との幸せな未来を望んだ時だ。

『なんだ？　これは……っ！』

突然地面から棘《とげ》だらけの茨《いばら》が生えてきて、ものすごい速さで、大きな黒竜の身体を鳥籠《とりかご》に収めるように、シュルシュルと巻きつき出した。

最初は抵抗し、茨を毟《むし》り取っていた黒竜の王だったが、それもだんだん追いつかなくなり、とうとう大きな茨の玉の中に閉じ込められてしまった。

『くそっ！　お前は精霊だったのか！』

「ブルーローズの神様！　黒竜の王を、この地の果ての一番深いところに封印してください！」

空に向かってノエルが叫ぶと、茨の球は黒竜の王を閉じ込めたまますごいスピードで南の空へと消えていった。

すると長と行動をともにする黒竜たちも、王が閉じ込められた茨の球を追いかけて、南の空へと消えていった。

途端、アリステリア王国を覆っていた黒くて重たい雲が切れ、明るい日差しが戻ってきた。

「…………ノエルの力が、黒竜の王を封印したのか？」

一部始終を見ていたアッシュロードは、眩《まぶ》しいほどの光の中で南の空を見上げた。

『そうよ、ノエルの力が黒竜の王を封印したの。きっと今頃深い深い海溝の中にでも沈められているはずだわ』

「アッシュロード様、僕、みんなのために役立ったかな？」

「あぁ、すごいぞ！　ノエル！　そなたがあの黒竜の王を撃退したんだ！」

「よかったー……」

そう言うと、ノエルはその場に倒れ込んだ。

「ノエル！　大丈夫か？　しっかりしろ！」

「アッシュロード様……」

「なんだ？　どこか痛むのか？」

「ううん。お腹がすっごく空《す》きましたぁ……」

今あるノエルの力を、すべて使い果たしたのだろう。大地から湧《わ》き出るエーテルだけでは足りず、ノエルは空腹を訴えた。

これに笑ったアッシュロードは、ノエルをぎゅーっと強く抱き締めながら、嬉しそうに言った。

「よーし、わかった！　国内随一の腕を誇る料理長に、美味い料理をたくさん作ってもらおう！　何が食べたい？」

「ローストビーフと、ガーリックトースト……」

ぼんやりした目でそう言い残すと、精根尽き果てたのか、ノエルはアッシュロードの腕の中で、がっくりと気を失ったのだった。

＊＊＊

アリステリア王国の空に平和が戻り、アッシュロードが政治を行うようになって、国民が食べることに困らなくなり、国は再建の一歩を踏み出していた。

そして生まれて一年で成竜になったウォルフラムとリリアーノは、もう王城の庭に住むことも狭くなってきたので、赤竜たちがいる天界へ行くことになった。自らの意思で。

「寂しくなるね」

ガーネットの鱗で覆われた頬を撫でてやると、ウォルフラムはうっとりと目を閉じた。

『父上、母上、お世話になりました』

「うん」

『でも私たち、いつでも戻ってきちゃうかも？　だってまだまだ子どもだもん』

「好きな時に戻ってくればいい。いつでも歓迎するぞ」

リリアーノの愛らしい言葉に、アッシュロードは微笑んだ。

庭の一番広い敷地で、彼らの新しい旅立ちを見送ることになったのだが、これまで双子を可愛がってきたウッディー令嬢姉妹は、止まらない涙を必死にハンカチで拭っていた。

『アリッサ、ミザリー、そんなに泣かないでくれ。僕たちはまた会いに来るから』

「本当ですよ！　絶対にまた会いに来てくださいね！」

『約束するよ』

するとと天界から赤い帯が下りてきて、ウォルフラムとリリアーノを、赤竜たちが迎えに来たのだと知る。

『もう行かなくちゃ』

「身体に気をつけてね、二人とも」

『『はーい』』

ノエルとアッシュロードに頬を擦りつけ、ウッディー令嬢姉妹の頬にキスをすると、双子の竜はふわりと飛び上がった。

『それじゃあね、父上、母上』

リリアーノが手を振ったので、皆で手を振り、双子の旅立ちを見送った。

彼らが赤い帯に合流し、波打つリボンのように美しく空に昇っていく姿に、誇らしさと寂しさを感じながら。

アッシュロードには、ひとつの不安があった。

一年で双子竜が成竜となり、昨日飛び立っていった。

その景色は実に美しくて、思わず泣きそうになってしまったことは、男として内緒だ。

しかし不安のもとは、今、向かいに座ってお茶を飲んでいる。

「昨日のウォルフラムとリリアーノが天に昇っていく姿は、本当に綺麗でしたね」

「そうだな」

＊＊＊

ノエルは青い髪を風になびかせながら、爽やかな笑顔を浮かべていた。

今は三時のお茶の時間だ。

普段は友人貴族が多く参席する、一日の中でも大事なイベントなのだが、今日はノエルと話したいことがあって、二人だけのアフタヌーンティーを庭で楽しむことにした。

お茶を濁すように、アッシュロードはなかなか本題には触れず、世間話や、昨日の双子竜の話などをしていたのだが、そろそろ次の執務の時間も迫ってきたので、本題に入った。

「なぁ、ノエル」

「はい、なんですか？」

「その……精霊の国に平和が戻り、ウォルフラムとリリアーノが生まれて旅立ってしまった以上、そなたがここにいる理由がなくなってしまったのだが……」

「そうですね。僕がもう王都にも、王城にいる理由もありません」

はっきりと口にしたノエルに、アッシュロードは少なくはないショックを受けた。

「僕はもう、物理的な理由でここにいる必要はないんです」

再び潔いほどの口調で言われ、もうアッシュロードは言葉を紡げないでいた。

この一年、寝所をともにし、肌を触れ合わせる行為も何度かした。

しかし、ノエルの口から『愛している』や『好き』という言葉を聞いたことがない。

物理的な理由で一緒にいる間に、惚れさせる！　と宣言したのに、アッシュロードはノエルの気持ちを測りかねていた。

嫌われてはいないと思うが、王妃になるほど自分を愛してくれているのか、と訊かれると、急に自信がなくなる。

「でも、アッシュロード様は精霊の鈴が見つかるまでに、惚れさせてやるって言いました」

「確かに……」

沈んだ声のアッシュロードに小さな笑みを浮かべながら、ノエルは紅茶を一口飲んだ。

「精霊の鈴が見つかるまでの間には、お妃様になってもいい！　って思えるほどアッシュロード様を好きにはなれなかったけれど、それでも一緒にいる間にだんだん気持ちが変わってきました」

「えっ？」

希望の持てる展開に話が変わっていき、アッシュロードは身を乗り出した。

「と、いうことは？」

「まぁ、そんなに結論を急がないでください」

再びノエルは紅茶を飲み、カップの水面に映った自分を見つめていた。

「そして、決定打が来たんです」

「決定打？」

「黒竜との戦いに挑もうとしていた時です。アッシュロード様、なんて言ったか覚えてます？」

「……すまん、あまり覚えていない」

しょぼんと項垂《うなだ》れた彼に、ノエルは声を出して笑った。

「『生きる時も死ぬ時も一緒だ』って言ってくれたんです。その言葉がものすっごく嬉しくて、心にこう……刺さったっていうのかな。アッシュロード様となら、永遠に一緒にいてもいいなって思ったんです」

さぁっと心地よい秋風が吹き抜けて、アッシュロードの金髪と、ノエルの青い髪を揺らしていく。

「好きです、アッシュロード様。人間になってお妃様として頑張っていこうって思えるほど、大好きです」

「ノエル……」

アッシュロードは、本当に好きな人と両想いになると、何も言えなくなるのだと知った。感動で胸がいっぱいになるからだ。

「僕を、お妃様にしてくださいますか？」

「もちろんだ」

ぐっと身を乗り出して、アッシュロードはノエルに触れるだけのキスをした。

「結婚式では、五メートルのベールを被るといい」

「本気で言ってるんですか？」

くすくす笑うノエルが可愛くて、アッシュロードはもう一度キスをした。

今、この感動を忘れないように、必死に心に刻みながら……。

それは、いつも優しいキスから始まる。

「本当にいいのか？」

どこか不安げなアッシュロードに、ノエルは両手を差し伸べて苦笑した。

「はい。もう覚悟はできてますから。安心してください」

その日の夜。

ともに浴室に入り、泡立てた風呂で戯れながら一度果てたあと、二人は身体を拭くのももどかしいといったふうに、ベッドに倒れ込んだ。

そしてノエルは言ったのだ。

「僕の中に、アッシュロード様の精を注いでください」

「えっ⁉」

突然のノエルの言葉に、アッシュロードは固まった。

ノエルが、人間の精を体内に受け入れるということは、彼が精霊から人間になることを意味する。

精霊の国との決別も。

「精霊の国に……帰れなくなってもいいのか？」

「それはやっぱり寂しけど……でも、サーヤさんが言ってたんです。『住めば都』って。だから今、僕が住んでいて心安らぐ場所はアッシュロード様のそばなんです」

「ノエル……」

この台詞《せりふ》に安堵し、アッシュロードも覚悟を決めたはずだった。

しかし、いざとなるとその覚悟は鳴りを潜め、不安へと繋がっていく。途中で、「やっぱり嫌だ！」と言われても、止められる自信がなかったからだ。それぐらいノエルとの行為は、アッシュロードを夢中にさせる。

そんな彼の心情を察したのだろう。「本当に優しい人だなぁ」と思いつつ、ノエルは彼の頭を胸の中に抱き込んだ。

「ノエル……」

すると、最初はおとなしく抱かれていたアッシュロードだったが、突然悪戯《いたずら》をするように、ちろり……と乳首を舐めたのだ。

「あっ」

小さな喘《あえ》ぎが漏れ、ノエルの細い身体がビクンと跳ねた。

その反応が嬉しかったのか、彼はノエルの乳首を舐めることをやめず、尖《とが》らせた舌先で、芯を持ったノエルの赤い乳首を舐め続けた。

「やだっ……あっ！　んっ……」

口からは「やだ」という言葉が出ているのに、ノエルの心と裏腹に、快感からアッシュロードの頭を深く抱き込んだ。もっとしてほしいと言わんばかりに。

「ノエル、好きだ。愛してる」

「アッシュロード様……」

呼吸も荒く、頬を上気させたままのノエルを見下ろしながら、真っ直ぐな眼差しでアッシュロードは言葉を続けた。

「この世に一目惚れなんてないと思っていたのに、そなたに出会った瞬間、俺の細胞のすべてが叫んだんだ。ノエルが好きだと。俺の母上も精霊だったからな。何か運命的なものを、自然と感じ取ったのかもしれない」

「そうかもしれませんね。僕はアッシュロード様のお母様と同じ、ブルーローズの精霊でした。だから惹《ひ》かれ合ったのは、運命だったのかも」

自分の運命を悟って微笑むと、再び優しいキスが降ってくる。

しかしそのキスは徐々に濃厚さを増し、いつしか互いの舌を絡め取って、もっともっとと唾液まで欲するようになった。

「……アッシュロード様」

唇が離れ、再び見つめてきたアイスブルーの瞳には、もう迷いはなかった。

「ノエル、お前を俺のものにしていいか？」

「はい。僕は、アッシュロード様のものになりたいです。あなたの子どもを宿したい……」

「ノエル……」

彼の眼差しは熱く潤んでいて、一瞬泣いているようにも見えた。しかし、それが彼の情熱だと気づいた時には、大きく脚を広げられていた。

「ちょ……っ！　アッシュロード様!?」

この先どうされるのか、知識として知っていても、やはり好きな人の前ですべてを晒《さら》すのは、かなりの羞恥を伴った。

思わず股間を両手で隠してしまったが、それすらも甘美な眺めだと言わんばかりに、アッシュロードは熱く深い息を吐いた。

そうしてすっかり勃ち上がったものを、ノエルの可憐な蕾《つぼみ》に当てた。

「あ……っ」

初めての感覚に、もぞもぞとノエルは両脚を動かし始めた。

そんなノエルを嬉しそうに眺めながら、アッシュロードは濡れた先端で円を描くように蕾を刺激した。

「やだ……アッシュロード様ぁ……っ」

ノエルはじらしにじらされて、半ベソをかいた。

一度出産を経験している蕾は、指で解《ほぐ》してもらわなくても、彼を受け入れる準備ができていたのだ。

彼の先端が、つるりと入り込んできそうになるたびに、これまで感じたことのない、甘くて重量感のある快感が襲ってくる。

「あぁ……アッシュロード様、もう……許して。もう入ってきて」

「ノエル……」

彼は、ノエルから求めるように差し向けたのか、この言葉に熱っぽい微笑みを浮かべると、ゆっくり腰を押し進めてきた。

「あっあっあっあ……」

今まで感じたことのない感覚に、ノエルは肉槍《にくやり》が入ってくる速度で短い嬌声《きょうせい》を上げ、両手を伸ばして彼の首に抱きついた。

そうして肌と肌が密着すると、アッシュロードにも深く抱き込まれる。

「全部入ったぞ、ノエル……」

しばらくはノエルの後孔に、アッシュロードの肉槍が馴染《なじ》むのを待っていたけれど、彼の優しさに、ノエルの方が我慢できなくなっていた。

「アッシュロード様……もう、動いて……」

「こうか？」

「あんっ……そう、あぁ……やだ……どうしよう……」

両手で顔を隠したノエルに、アッシュロードは心配げに訊ねた。

「どうした？　ノエル。痛いのか？」

「違います。初めてなのに、こんなに気持ちがいいなんて……恥ずかしくて」

この言葉にふっと笑ったアッシュロードは、「それじゃあ、心配はいらないな」と言って、抽挿を激しくしてきた。

「だめっ……アッシュ……様！　あぁっ……」

ノエルの柔らかくて温かな腸壁がアッシュロードの性器に絡みつき、まるで精液を搾り取ろうかとするように、蠕動《ぜんどう》運動を繰り返す。

「あぁ……ノエル、お前の中はなんて熱くて、気持ちがいいんだ」

腰の動きはだんだん速度を速め、いつしか肉がぶつかり合う音が部屋に響き出した。

「やぁ……んん、アッシュロード……さまぁ……」

「ノエル、ノエル……」

愛液が溢れ出した蕾は目いっぱい広げられ、長大なアッシュロードを健気《けなげ》に受け止めている。

そしてノエルがアッシュロードとの間に、白濁を放った時だった。

「うっ……」

ノエルの蕾がきゅうっと収縮して、堪え切れずにアッシュロードはノエルの中に精液をどくどく……っと注ぎ込んだ。

「あぁ……アッシュロード様、ぁ……」

背中を撓《しな》らせ、そのすべてを受け入れたノエルは、泣いているような歓喜しているような、複雑な表情をしていた。

「――大丈夫だったか？」

自身を抜き出し、横に転がったアッシュロードは、サイドテーブルにあったタオルで、ノエルの腹を拭ってやった。

「大丈夫です。『意外』って言ったら変ですけど……特に何も変化はありません」

「そうか。でもこれからたくさんの精を受け入れることによって、そなたは人間になっていくのかもしれないな」

「そうですね」

その日も二人で抱き合って眠り、ステファンが起こしに来るまで、目覚めることはなかったのだった。

終章

国中からその分野の第一人者が集められ、ノエルのお妃教育が本格的に始まり出して、忙しい毎日がやってきた。

「えっ⁉　結婚するんですか？　サーヤさん」

「そうなのよ～。もう無骨な男に惚れられちゃってさ。仕方なく」

雪がちらつき出した頃。

パチパチと暖炉の薪《まき》が爆《は》ぜる王城の応接室で、サーヤは隣に座るグレーズドと腕を組んで、その肩に頭を乗せた。

「おめでとうございます！　わぁ、挙式はいつですか？」

「冬が明けたらしようって話してるの。その時は、アッシュロード様と一緒に招待するから、ノエルも来てね」

「もちろんです！」

そう言って何度も頷いたノエルの髪は、少し紫色がかった黒に変わっていた。瞳の色も黒くなり、ブルーローズの精霊だった面影はもうどこにもない。

首からぶら下げているひし形の鱗も、もう何も話してはくれなくなった。

双子の竜が立派に成長し、天に昇っていった頃。『もう私の役目は終わりね』と言って、ファルタの魂は成仏した。

けれども大事な友達だったファルタの鱗だ。ノエルは今でもお守りとして首からぶら下げていた。

「なんだ、三人揃って楽しそうに話しているな？」

「お父様のお引っ越しは無事に済んだの？」

「あぁ。あの離宮には、父上と母上の思い出がいっぱいあるそうだ。だから父上も晴れ晴れとした様子で、後宮から引っ越していかれたよ」

「それはよかったわね」

「あぁ、本当に」

「それよりも三人で何を話してたんだ」

「あのね、アッシュロード様……」

サーヤとグレーズドの結婚を聞いて、アッシュロードはノエル以上に驚いていた。そして祝福もしていた。

アッシュロードとノエルの結婚式も決まっていて、来年の初夏となっている。

国王たっての希望である五メートルのベールには、ダイヤやパールなどの宝石が縫いつけられる予定だ。

お金は使う時に使って、使わない時は使わない……というのが、アッシュロードの経済の考え方だった。

こうして平和が訪れたアリステリア王国だったが、まだ誰も知らないことがひとつあった。

ノエルの中で、新しい命が息づいていることを。

（おわり）

あとがき

皆様、初めまして。またはお久しぶりです！　柚月美慧です。

この度は『竜を孕む精霊は義賊王に溺愛される』をお手に取っていただき、誠にありがとうございます。

今回のお話は、柚月が得意とするところ（苦笑）のファンタジーなのですが、その中でも、特にファンタジー色の強いものになっていると思います。

竜が大好きなので、作品には度々出てくるのですが、ファルタのように、ここまでしっかりと竜を書き込んだことはありません。そしてウォルフラムやリリアーノのように、長期にわたって存在していた竜も初めてです。

ですので、今回の真の主人公は、ノエルやアッシュロードではなく、ファルタたちだったのかもしれません（笑）。

大好きな竜をたくさん書くことができて、とても楽しかったです。また、精霊の国を書くことができて、大変面白かったです。

こうして新たなチャレンジもたくさんできたので、今作は（本人が言うのもなんですが）とても充実した作品となった気がします。

そして、本作に素敵なイラストをつけてくださった、北沢きょう先生。本当にありがとうございました。とにかくアッシュロードがかっこよくて身悶えました。ウォルフラムたちも可愛く描いてくださり、嬉しい限りです。

また、この本が書店に並ぶまでにご尽力くださった担当者様。出版社様。デザイナー様。印刷会社の皆様。取次の方々。そして書店の皆様方。ありがとうございます。

最後になりましたが、この本を手に取ってくださったあなた様に、両手いっぱいのありがとうございます！　を。

少しでも楽しんでいただけるよう、これからも精進してまいりますので、今後ともよろしくお願いいたします。

柚月美慧

本作品は書き下ろしです。

ラルーナ文庫

この本を読んでのご意見・ご感想・ファンレターなどお待ちしております。〒111−0036 東京都台東区松が谷1−4−6−303 株式会社シーラボ「ラルーナ文庫編集部」気付でお送りください。

竜《りゅう》を孕《はら》む精《せい》霊《れい》は義《ぎ》賊《ぞく》王《おう》に溺《でき》愛《あい》される

2021年12月7日 第1刷発行

著　　者｜柚月《ゆづき》 美慧《みさと》

装丁・DTP｜萩原 七唱

発 行 人｜曺 仁警

発 行 所｜株式会社 シーラボ
〒111-0036 東京都台東区松が谷 1-4-6-303
電話 03-5830-3474／FAX 03-5830-3574
http://lalunabunko.com

発 売 元｜株式会社 三交社（共同出版社・流通責任出版社）
〒110-0016 東京都台東区台東 4-20-9 大仙柴田ビル 2 階
電話 03-5826-4424／FAX 03-5826-4425

印刷・製本｜中央精版印刷株式会社

ISBN978-4-8155-3264-2

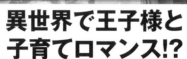

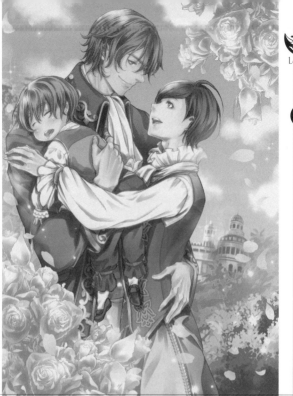